中公文庫

寡黙な死骸　みだらな弔い

小川洋子 著

中央公論新社

目次

寡黙な死骸　みだらな弔い

洋菓子屋の午後

すばらしく天気のいい日曜日だった。空にはひとかけらの陰りもなく、乾いた風が緑を揺らし、目に映るものすべてが光に包まれていた。アイスクリームスタンドの屋根や、野良猫の瞳や、水飲み場の蛇口や、鳩のフンがこびりついた時計塔の台座さえもが、誇らしげに輝いていた。

広場は休日を楽しむ人々でにぎわっていた。風船売りがキュルキュルという気持のいい音をたてながら、次々風船を動物の顔に変えていった。それを不思議そうに子供たちが見上げていた。ベンチに座った婦人はセーターを編んでいた。どこかでクラクションが鳴り、一斉に鳩が飛び立った。驚いて泣きだした赤ん坊を、母親がそっと抱き上げた。

どこにも傷んだり欠けたりしたところのない、一枚の完全な風景が、光に映し出されていた。それをじっと眺めていると、隅から隅まで、どこを見回しても、この世に失われたものなど何もないのだ、という気がした。

その店に人影はなかった。回転ドアを押し、中へ入ったとたん、広場のざわめきが遠のいた。かわりに甘いバニラの匂いがした。

「ごめんください」

遠慮がちに呼んでみたが、返事がないので仕方なく、片隅の丸椅子へ腰掛けて待つことにした。

初めて入る店だった。こぢんまりとして飾り気がなく、清潔だった。ケーキやパイやチョコレートは、ガラスケースの中にお行儀よくおさまり、両側の棚には缶入りのクッキーが並び、レジの奥のカウンターには、水色とオレンジのかわいらしいチェックの包装紙が積み重ねてあった。

どれもおいしそうだった。けれど私が何を買うか、もう最初から決まっていた。苺のショートケーキを二つ。ただそれだけだった。

時計塔が四回鐘を鳴らした。また鳩たちが一塊になってはばたき、広場を横切って花屋の店先に舞い降りていった。女店主が迷惑そうにモップで追い払おうとしていた。抜けた灰色の羽毛が、いつまでもふわふわと空に浮いていた。

相変わらず店の人が出てくる気配はなかった。あきらめようかとも思ったが、この町に越してきてまだ日が浅く、ほかにいい洋菓子屋を知らなかった。

それに私はここが気に入ってしまった。お客をほったらかしにしているというのに、無礼な感じがなく、むしろそのひっそりとした空気には、慎み深さのようなものがあった。ガラスケースを照らす明かりは柔らかく、お菓子たちは美しく、丸椅子は座り心地がよかった。

「誰もいないの？」

　不意に、初老の女性が入ってきた。小太りで背が小さく、くたびれたビニールの前掛けをしていた。ドアが開いた瞬間だけ外のざわめきが忍び込み、すぐに消えた。

「お客さんがお待ちだよ。どこへ行っちゃったんだろう。全くしょうがないねえ。お客さんをほっとくなんてさ」

　老女は振り向き、私に微笑みかけた。

「ちょっとお使いにでも出たんだろうね。すぐに戻ってきますよ」

　彼女は隣に腰掛けた。私は小さく会釈した。

「なんなら私が売ってあげてもいいんだけど……。ここに香辛料を卸しているもんでね。だいたいの要領なら分かるんですよ」

「ありがとうございます。でも急ぎませんから、大丈夫です」

　私たちはしばらく、並んで一緒に待った。老女は首に巻いたネッカチーフを結び直したり、靴の先で床をつついたり、集金用らしい黒いセカンドバッグのチャックをいじったりした。何か間をもたせるいい話題はないかと、あれこれ考えてくれているのだと分かった。

「ここのケーキはおいしいよ。うちの香辛料を使ってるってことは、変な混ぜ物をしてないってことだからね」

「そうですか。よかった」

「いつもはもっと繁盛してるのに、今日はおかしいわね。外に行列ができることだってあるんだから」

若いカップルや、老紳士や、観光客や、パトロール中の警官や、さまざまな人がウィンドーの前を通り過ぎていったが、誰も洋菓子屋には気を留めなかった。

老女は広場の方を振り向き、縮れた白髪を指でといた。彼女が動くたび、不思議な匂いがした。薬草と、熟れすぎた果物と、前掛けのビニールの匂いが混ざり合ったような感じだった。昔父が蘭を育てていた庭の小さな温室、子供は決して入ってはいけないときつく言われていた、あそこの扉を黙って開けた瞬間の、湿った匂いにも似ていた。しかし決して不快ではなかった。むしろそのことで、彼女に親しみを覚えた。

「苺のショートケーキがあって、よかったわ……」

私はケースを指差した。

「しかもあれは、本物ですね。ゼリーや余計な果物や偽物の人形や、そんなもので飾り立てていない、クリームと苺だけの、本当のショートケーキ」

「ええ、そうですとも。私が保証します。店一番の自信作ですよ。なにせ生地に、うち特製のバニラを効かせてありますからね」

「息子に買ってやるんです。今日が誕生日なんです」

「まあ、そうですか。それはおめでたいじゃありませんか。で、息子さんはおいくつに？」

「六つです。ずっと六つです。彼は死んだんです」

十二年前、彼は冷蔵庫の中で死んだ。廃材置場の、壊れた冷蔵庫の中で、窒息死していた。最初に見た時、死んでいるとは思いもしなかった。三日も家に帰らなかったから、私に合わせる顔がなくて、ただうな垂れているだけだと思った。

そばに見知らぬ婦人が茫然と立ちつくしていた。息子を見つけてくれた人だとすぐに気づいた。髪はもつれ、顔は青白く、唇が震えていた。彼女の方がよっぽど死人のようだった。

怒ってなんかいやしないわ。さあこっちへいらっしゃい。ママが抱っこしてあげるわ。お誕生日のケーキ、ちゃんと買ってあるのよ。一緒にお家へ帰りましょうね。

けれど彼はじっと動かないままだった。棚や卵ケースや製氷皿にぶつからないよう、器用に身体を丸め、両足をきちんと揃え、膝の間に顔を埋めていた。あまりにも長い時間閉じこもっていたせいで、背中の輪郭がすっかり闇に溶け込んでしまっているように見えた。

中は闇に満ちていた。なのに彼の首筋にだけ、淡い光が当たっていた。そのか細さ、肌の色合い、透明な産毛、何もかも見覚えがあった。いいえ、違うんです。あの子は眠っているだけなの。だって当然でしょ？　何にも食べていないんだから。疲れているのよ。起こさないようにそっと運びましょう。好きなだけ眠らせてやりましょうよ。そのうち目を覚ますわ。きっとそうよ……。

でも婦人は何も答えてくれなかった。

老女の反応は、これまで私が出くわしたどんなケースとも違っていた。彼女の顔には、同情や驚きや気まずさはなかった。相手がどんなにさり気なく振る舞おうとしても、私には通じなかった。息子を亡くしてから、人の表情を読む能力が身についてしまった。だから老女の顔が本物だと、すぐに分かった。

どうしてそんな質問をしてしまったのだろうと、彼女は後悔もしていなかったし、見ず知らずの他人に過去を漏らす私を、責めてもいなかった。

「じゃあなおさら、ここの洋菓子屋を選んだのは正解だよ。ここよりおいしいケーキはこの世にないんだから。息子さんも喜ぶよ。蠟燭はサービスしてくれるからね。とってもかわいい蠟燭が箱に一杯詰まってて、好きな種類を選べるの。赤、青、ピンク、黄、花柄、蝶々柄、動物柄、より取り見取りだよ」

彼女は笑みさえ浮かべていた。洋菓子屋の静けさによく似合う微笑みだった。この人はもしかしたら、死ぬという言葉の意味を知らないいんじゃないだろうか、と私は思った。あるいは、人が死ぬとはどういうことか、何もかもを知り尽くしている人かもしれない、と。

もう息子は生き返らないと分かってからもずっと、私は一緒に食べるはずだった苺のショートケーキをそのままにしておいた。毎日毎日、それが腐ってゆくさまだけを眺めて過ごした。まず最初に生クリームが変色し、脂が浮き出し、とろけて回りのセロファン紙を汚した。苺は干涸び、奇形児の頭のようになった。スポンジは柔らかさを失い、崩れ落ち、やがて黴《か》びていった。

「黴って、なんてきれいなんでしょう」

私はつぶやいた。宙に隠れていた小人たちが舞い降りてくるように、それらは次々と姿を現わした。さまざまな色と精巧な形で、ケーキを覆いつくしていった。

「そんなもの、捨ててしまえ」

夫が怒鳴った。

子供が食べるはずだったケーキのことを、なぜそんなに口汚く罵れるのか理解できなかった。私はそれを、夫めがけて投げ付けた。髪に頬に首にワイシャツに、粉々になったケーキと黴が飛び散った。すさまじい悪臭が漂った。死んでゆくものの匂いをかいでしまった気がした。


苺のショートケーキは上の段の真ん中、ガラスケースで一番目立つ場所を与えられていた。やや小振りで、かといって気取った風情ではなく、丸ごとの苺が三つ飾られていた。腐ってゆく気配など、どこにもなかった。このまま永遠に、そこなわれることなどないかのようだった。

「そろそろ私は引き揚げるとしようかね」

老女は立ち上がり、前掛けの皺を伸ばしながら、店の人が戻ってはこないかと、広場から通りの方を何度も見やった。

「私はもう少し、待ってみます」

「ああ、それがいいよ」

老女は腕を伸ばし、私の手にそっと触れた。あまりにも自然な仕草だったので、最初彼女が何をしたのかすぐには理解できないほどだった。

皺だらけの荒れた手だった。節はごつごつとし、爪の間には汚れがこびりついていた。香辛料をいつも触っているせいかもしれない。なのに、いつまでも消えない温かさがあった。彼女の教えてくれた、箱一杯のかわいい蠟燭に火をともすと、きっとこんなふうに温かいのではないかしら、という気がした。

「店の者が立ち寄りそうなところを二、三のぞいて、もし見つけたらすぐ戻るように言っときますよ」

「ありがとうございます」

「いや、どうってことないですよ。じゃあ、さよなら」

セカンドバッグを脇にはさみ、彼女は回転扉を出ていった。背中で結んだ前掛けの紐が、解けかけているのを見つけて呼び止めようとしたが、間に合わなかった。老女は広場の人込みに紛れていった。私はまた一人になった。

利発な子供だった。絵本を一字も間違えずに暗唱することができた。子豚や王様やロボットやお爺さんや、どんな声色でも使い分けることができた。左利きで、おでこが広く、耳たぶにほくろがあった。食事の用意をしていると、足に絡みついて、私を困らせる質問ばかりした。字は誰が発明したの？　どうして背は伸びるの？　空気って何？　人は死んだらどこへ行くの？

目の前に死の海が広がっていた。それは液体でも風景でも記憶でも言葉でもない、圧倒的な海そのものだった。どこにも抜け道はなく、休息を取る小島の影も見えず、果ての果てからただ暗い波が繰り返し寄せてくるだけだった。

私は無残な死に方をした子供の記事を集めるようになった。毎日図書館へ通い、あらゆる新聞、雑誌の中から無残な死を拾い集めては、コピーを取った。

レイプされ、森に埋められていた十一歳の少女がいた。変質者に誘拐された九歳の男の子は、両足首を切断された姿で、ワインの木箱の中で発見された。製鉄工場を見学していた十歳の小学生は、手すりのすき間から溶鉱炉に落ち、一瞬のうちにどろどろに溶けてしまった。

家に帰ると、私はそれらの記事を声を出して読んだ。目覚めている間中、呪文のように唱え続けた。


今までなぜ気づかなかったのだろう。私は椅子の位置をずらし、カウンターの向こう側に目を凝らした。レジスターの脇にある扉が半開きになって、奥のキッチンがのぞいて見えた。そこにはケーキ職人らしい若い娘が、背中を向けて立っていた。呼び掛けようとして、私は言葉を飲み込んだ。彼女は電話で誰かと話をしていた。そして、泣いていた。

声は聞こえないが、肩が震えていた。髪を無造作にまとめ、白いキャップの中に収めていた。エプロンにはクリームやチョコレートの染みが散らばっていたが、不潔な感じはしなかった。ほっそりとした後ろ姿には、まだ少女の名残さえあった。

いつからそこにいたのか、私にまだ気づいていないのか、とにかくその子は何の前触れもなく、視界の隅に現われた。

私は椅子に座り直した。相変わらず広場では、風船売りが動物の顔を作り、あちこちに鳩が群れ、ベンチの婦人は編み物を続けていた。さっきから何も変わっていないように見えるのに、ただ時計塔の影だけが細く長くなっていた。

キッチンも店と同様、整頓が行き届いていた。ボウル、ナイフ、泡立て器、絞り袋、ふるい、その日の役目を終えたすべてのものがあるべき場所に収まっていた。布巾は清潔に乾燥し、床には小麦粉の一粒も落ちておらず、オーブンにはまだ余熱が残っているように見えた。決して真新しくはないが、よく使い込まれ、丁寧に手入れされたキッチンだった。

美しい泣き方だった。キッチンの雰囲気によく映える泣き方だった。声も物音もいっさい聞こえなかった。肩が震えるたび、うなじの後れ毛も微《かす》かに揺れた。視線を調理台の上に落とし、身体を心持ちオーブンの方にもたせ掛け、右手はナプキンを握ったままぴくりとも動かなかった。顔は見えなかったが、その代わりにあごのラインや、首筋の白さや、受話器を握る指の形に哀しみの表情が宿っていた。

なぜ泣いているのだろう。恋人と喧嘩したのだろうか。仕事で何か失敗でもしたのだろうか。しかし私にとって、理由はどうでもよかった。理由などないのかもしれないと思った。

それくらい純粋な泣き方だった。いつまでもその姿を見つめていたいと思った。哀しみがどんなふうに訪れて、涙がどんなふうにこぼれるか、私はよく知っていた。

いくら押しても叩いても開かないドア。どこにも届かない叫び声。暗闇、空腹、痛み。少しずつ襲いかかってくる息苦しさ。あの子が味わったのと同じ苦しみを、自分も味わりべきだと、ある日私は思った。そうしなければ、今の哀しみからは逃れられないのだと。

まず家にある冷蔵庫の電源を切り、中の食料品を全部外へ出した。昨夜の残りのポテトサラダ、ハムの塊、卵、キャベツ、胡瓜、萎《しな》びたほうれん草、ヨーグルト、缶ビール、冷凍食品、氷、豚肉……。とにかく何もかも、手当たり次第に放り投げた。

ケチャップがこぼれ、卵は割れ、アイスクリームは溶けてしまった。台所の床が目茶苦茶になってゆくにつれ、冷蔵庫は暗闇の正体を徐々に見せはじめた。私は息を一つ吐き、背中を小さく丸め、ゆっくりとその闇に身体を押し込めていった。

ドアを閉めると、すべての光が消えた。自分が今目を開けているのか閉じているのか、分からなくなった。やがてここでは、どちらでも同じなのだと悟った。壁にはまだ冷気が残っていた。

死はどのあたりからやって来るのだろう。私はじっと待った。懐かしい匂いがした。息子を見つけた時と同じだった。湿り気があり、どこか秘密めいて、微かに甘かった。もっと昔、彼くらいの子供だった頃、父の温室に忍び込んだ時にも同じ匂いをかいだと、不意に思い出した。そのことは私を安心させた。

「何をやってるんだ」

夫が乱暴に冷蔵庫を開けた。次の言葉が出てこないまま、握りこぶしを震わせていた。

「もう少しであの子に会えるところだったのよ。どうして邪魔するの。あっちに行って」

外へ逃げてゆく大事な匂いを取り戻すために、私は夫の手を振りほどき、もう一度冷蔵庫を閉めようとした。

「いい加減にするんだ」

彼は私を引きずり出し、殴った。身体中がソースやつぶれた黄身やトマトの汁で汚れた。取り返しがつかないくらい、べとべとに汚れた。あの日以来、夫は私の元から去っていった。


一粒、涙がこぼれ落ちるのが見えた。彼女はナプキンを握り締めた。広場にいる大勢の人々は誰も、洋菓子屋のキッチンで少女が泣いているのを知らない。それを見守っているのは、死んだ息子の誕生日のために、ケーキを買いに来た私一人だけだ。

いつのまにか日差しの色が変わっていた。市庁舎の屋根の縁あたりから、空が夕焼けに染まりはじめていた。動物の顔の風船はずいぶん売れて、残り少なくなっていた。五時の鐘と一緒に現われる、時計の仕掛けを見ようと、カメラを持った人々が塔のまわりに集まっていた。

一声掛ければ用事は済むというのに、私はそうしなかった。むしろ反対に、気づかれないよう息をひそめた。糊のきいたエプロンは少し大きすぎるようで、それがますます彼女をいとおしく見せていた。汗ばんだ首筋、皺だらけの袖口、そしてそこからのびる長い指は、ケーキを作る彼女の姿を連想させた。湯気の立つオーブンからスポンジを取り出し、生クリームを絞り出し、一個一個慎重に苺を飾ってゆく姿を、思い浮かべることができた。彼女はこの上もなくすばらしいケーキを作ることができる。

　一人きりになって数年たった頃、奇妙な電話が掛かってきたことがある。聞き覚えのない少年の声だった。緊張しているようだったが、礼儀正しい言葉遣いだった。

「えっ……」

　私は息を飲み込んだまま動けなくなった。確かにその子は、死んだ息子の名前を口にしたのだ。

「今、お家にいらっしゃいますか」

と。

「いいえ、おりませんが……」

　喉の奥から私は声を絞り出した。

「でしたら、またお電話します。同窓会の連絡なんです。中学の時の。何時頃帰っていらっしゃいますか」

　私はもう一度息子の名前を確認した。ええ、そうです、と何事もなく彼は答えた。

「あの子はね、今外国にいるの。あっちの学校へ通ってるの」

「そうですか。それは残念だ。会えるのを楽しみにしてたのに」

心から残念そうに、彼は言った。

「お友だちだったんですか？」

「はい。演劇部で一緒でした。彼が部長で、僕は副部長でした」

「演劇部……」

「市の大会で優勝して、全国大会に出た時も一緒でした。ほら、『炎の人』。彼がゴッホをやって、僕が弟のテオ。女の子の人気の的で、僕はいつも引き立て役だった。舞台の上だけじゃなく、いつもどこにいても、光が当たっているような人だった……」

全く別人の話を聞かされているというのに、私は少しも混乱していなかった。彼の犯している手違いを正そうともしなかった。あの子はあんなに上手に絵本を読むことができたのだから、お芝居の主役だってつとまるはずだ。これは手違いなどではない。

「彼は今でも演劇を？」

「ええ……」

「そうですか。そうだと思った。僕から電話があったこと、伝えてもらえますか」

「もちろんよ。伝えるわ」

「それじゃあ、失礼します」

「どうもありがとう。さようなら」

彼は受話器を置いた。私はそのまましばらく、単調な信号音に耳を澄ませていた。彼が誰なのか、今も分からない。

五時の鐘が鳴った。鳩たちは市庁舎の屋根よりも高く舞い上がった。五つめの鐘が鳴り終わる頃、塔の真ん中あたりで扉が開き、兵隊とニワトリと骸骨の人形が、くるくる回りながら登場してきた。ずいぶん古い時計なので、動きはぎこちなく、人形たちは薄汚れている。ニワトリは首を振って鳴く真似をし、骸骨はおどけてダンスする。その後ろから、金色の羽根をはばたかせながら天使が飛び出してくる。兵隊たちは敬礼する。

少女が受話器を置いた。私ははっとして胸を押さえた。彼女はしばらく電話に視線を落としていたが、やがて深く息を吸い込み、ナプキンで涙を拭った。

彼女がこちらを振り向いた時に言う言葉を、私は心の中で繰り返した。

「苺のショートケーキを二つ」

果汁

「今度の日曜日、忙しい？」

不意に彼女に声を掛けられた時、僕はあまりにどぎまぎして、どう返事をしたらいいのか分からなかった。

「用事があるんだったら、もちろん無理にはお願いできないんだけど……」

放課後の図書室は人影はまばらで、窓から西日が差し込んでいた。彼女は書架の陰になかば身をひそめるようにしてうつむいていた。背中から西日が当たっているせいで、長い髪の毛が琥珀色に光って見えた。

「別に……暇にしてるよ」

戸惑いを隠すため、わざとそっけなく僕は答えた。同じクラスになってから、今まで一度も言葉を交わしたことはなかった。こんなふうに、彼女の姿を間近に見るのさえも初めてだった。

デートに誘おうとしているのだろうか。それが一番ありふれた可能性のように思えた。もしそうならば、悪い気はしなかった。彼女についてはほとんど何も知らないけれど、感じのいい子であるのは間違いなかった。

しかし、早合点してはいけないという警戒心も捨てきれなかった。彼女の様子に少しも浮ついたところがなかったからだ。照れくさそうでもなかったし、媚びたふうでもなかった。彼女はただ、申し訳なさそうにしているだけだった。

「実はちょっと、ついてきてほしい所があるの」

「どこ?」

「フランス料理屋。日曜の十二時に、私、そこへ行かなくちゃならない用事があるの。気は進まないんだけど、成り行き上どうしようもなくて……。もちろん、あなたに迷惑はかけないわ。ただ一緒にいて、ご飯を食べて、それだけでいいの」

本の背表紙を撫でながら、ためらいがちに彼女は言った。

「こんなこと、あなたに頼むべき筋合いじゃないって、よく分かってるのよ。だから、もし嫌ならはっきりそう言ってほしいの」

一言喋るたびに彼女は肩をすぼめ、目を伏せた。できるだけ身体を小さくして、陰の中に自分を閉じ込めようとしているかのようだった。体育館に響くボールの音が、遠くで聞こえていた。

「いいよ。飯食うだけだろ? どうってことないよ」

僕は答えた。どういう理由なのか、なぜ自分が選ばれたのか、本当はいろいろと尋ねたかったのだが、あえて口にしなかった。これ以上彼女に喋らせると、本当に身体が陰の中へ吸い込まれてゆきそうな気がして、心配だったのだ。

「ありがとう」

心からほっとしたように彼女は言った。そしてようやく視線を上げ、微笑んだ。西日が強すぎてその表情がうまく見えなかったことが、僕を少しがっかりさせた。


ウエイターに案内され奥の個室に入ってゆくと、男はもう席について、どぎつい赤紫色の食前酒を飲んでいた。秘書や護衛を従えているかと思ったが、一人きりだった。

天井からはシャンデリアがぶら下がり、あちこちに花が飾られ、銀食器がきらきら光っていた。三人にしては明らかにテーブルが広すぎ、テーブルクロスの白さがまぶしいほどだった。

彼女と男は礼儀にかなった挨拶を何一つしなかった。「やあ」とか「ええ」とか、そんな意味のない言葉を二つ三つ漏らしただけだった。紹介してくれるのを待っていたのだが、彼女は僕について何も触れないまま腰掛けてしまい、結局僕も名乗るタイミングを失った。

「何でも好きなものを頼みなさい」

繰り返し男はそう言った。沈黙が長くなりすぎてたまらなくなるたび、その台詞を取り出してきた。彼女は姿勢を正し、隅から隅まで丁寧にメニューを眺めていたが、本気で料理を選んでいるようには見えなかった。沈黙をやり過ごすためのポーズだと、すぐに気づいた。

僕は複雑な形に畳まれたナプキンの縁を、指でなぞった。

「母親が病気で入院したの。知ってた？」

レストランへ向かう地下鉄の中で、彼女は言った。僕は首を横に振った。唯一彼女について知っているといえば、母一人子一人ということだけだった。私生児なんだと、クラスの誰かが噂していたようにも思うが、よくは思い出せなかった。

「肝臓癌なの。長くは生きられないわ」

騒々しい地下鉄の中でも、彼女の声はまっすぐ僕の耳に届いてきた。

「この間、遺言を聞かされたの。もしママに何かあったら、この人を頼って行きなさい。きっと手助けしてくれるはずだからって」

彼女はスカートのポケットから一枚の名刺を取り出した。長い間しまわれていたらしく、角がすり減っていた。割合有名な代議士の名前が印刷してあった。確かついこの間まで、労働大臣だったか郵政大臣だったかをやっていた人だ。

「お母さん、そんなに悪いの……」

変な慰めを言って傷つけてしまうのが怖かったから、僕は慎重に言葉を選びながら言った。

「入院して四ヵ月になるわ。ずっと一人で留守番してるの」

彼女は花柄のブラウスと、柔らかい生地のふんわりしたスカートを着ていた。ブラウスの衿と袖口には、きちんとアイロンがかかっていた。制服姿よりも、また一段とおとなしく見えた。

彼女はクラスで一番目立たない生徒だった。授業中発言することはほとんどなく、指名されて英文を訳したり、黒板の数式を解いたりする時でも、ひっそりとした態度を崩さなかった。できるだけ余分な物音を立てないよう、細心の注意を払っているようだった。特定の友だちはおらず、クラブ活動もせず、昼休みには一人片隅でパンを食べていた。

しかし僕を含め、誰もそれを不自然には感じていなかった。あえて無視するわけでもなかったし、不愉快に思うわけでもなかった。彼女にはそうしたひそやかさがとてもよく似合っていた。色白の肌や、真っすぐで長い髪の毛や、うつむいた時できる目元の陰が、侵しがたい静寂を醸し出していた。

いつでも申し訳なさそうにしている――これが彼女を表現するのに最もふさわしい言葉だった。どうぞみんな、私のことなど気に掛けないで。できるだけ目障りにならないよう注意するから……。そんなふうにつぶやきながら、彼女だけの静寂にくるまっていた。

「で、この人には、今日初めて会うの？」

僕は掌の名刺を顎で差した。

「そうなの」

「子供の頃にも、一度も会ったことなかったの？」

「うん」

彼女はうなずいた。

名刺を持つ彼女の手を、僕は見つめた。それは息が吹き掛かりそうなほど近くにあった。

彼女にも手があるんだと、今初めて気づいたかのように、僕はいつまでもそれを見つめ続けた。

「何か嫌いなものはあるかな」

男が尋ねた。僕と彼女は同時に、「いいえ」と答えた。

男は早口でたくさんの料理を注文した。メモを取るウエイターが追いつかないくらいだった。命令するのに慣れた人の口振りだった。次々と運ばれてくる皿を、僕たちは一枚ずつ片付けていった。

ウエイターがドアを閉めると、部屋はしんとなった。ものを嚙んだり飲み込んだりする音だけが、ことさら耳に響いた。男はもうアルコールを口にしようとはしなかった。

テレビで見るより老けていた。首はたるんでいたし、顔と手の甲は染みだらけだった。小柄だが骨格はしっかりとし、頭はなかば禿げ上がり、耳たぶが大きかった。

決して尊大な感じはしなかった。かと言って、心の底から対面を喜んでいるふうでもなかった。ただ、今ここで一番適切な話題は何なのか、それを懸命に考えているのだけは確かだった。そして答えが出ないことに、戸惑っているのだ。ひっきりなしにコップを口に運びながら、中身の水は少しも減っていなかった。

「勉強では、何が得意なのかな」

男が言った。小学生にする質問のようだった。お母さんの病状や、経済的な問題や、過去の謝罪や、もっと重要な話がいくらでもあるはずなのに、と僕は思った。もしかしたら僕がいることで、彼らの関係がますます複雑になっているのではないかと心配になってきた。

「古文と、英語と、……あとは、音楽。そう、音楽が一番好きです」

　ナイフとフォークを置き、ナプキンで唇を押さえてから彼女は答えた。

「ほう、音楽か。それはいい。君は？」

　男が僕に視線を向けたので、あわてて「生物です」と、適当に答えた。生物だろうが保健体育だろうが、僕らにとってはどうでもいいことだった。ただ三人とも、沈黙しているより気が楽だから喋っているだけだった。

「スポーツはやっていないの？」

「ええ、何も」

「あっ、このコンソメに入っているのはトリフだな。好きかい？」

「今、初めて食べます」

「口に合うといいんだが。若い者はどんどん食べなくちゃならんよ」

「はい」

「休みの日には何をしてる？」

「洗濯をしたり、猫と遊んだり、レコードを聴いたり、そんなことです」

　ウエイターが入ってきて、魚料理を並べた。男が黄緑色のソースのかかった鯛、僕が蒸したオマール海老、彼女が帆立貝のムニエルだった。

　彼女は両足をきちんとそろえ、背筋を伸ばし、行儀よく食べていた。自分の皿の上に視線を集中させ、質問に答える時だけ、それをテーブルの中央のバターケースのあたりに移動させた。

チャンスを見つけては、ちらちらと僕は彼女の横顔をうかがった。形の整った横顔だった。額には聡明さが表われ、顎は引き締まり、髪はおとなしく垂れ下がっている。だから余計に心の中を読み取るのは難しかった。

けれどいつものあの申し訳なさだけは、変わらずに漂っていた。それは彼女の輪郭に染み込んだ、体温のようなものだった。どうして私は帆立貝なんか食べているんだろう。私は本当はこんなところにいるべきじゃないのに……。そう言いたげだった。

今度は肉料理の番だった。ウエイターたちの動きは手際よく、洗練されていた。僕はもう満腹だったが、二人の食べるペースは変わりなかった。仕方なく僕も、無理に肉を喉に押し込めた。

「楽器を弾いたりはしないのかい。ピアノとか、ギターとか、バイオリンとか……」

「家には楽器なんてありません」

男は一つ咳払いをし、彼女は肉汁の染みたブロッコリーを口に運んだ。男のナイフが皿の縁に当たって耳障りな音がし、あわてて彼は「失礼」と言った。「いいえ、いいんです」と彼女は答えた。

突然僕は一つの情景を思い出した。三年に進級して間もなくの頃だったと思う。放課後、音楽室で彼女を見掛けたことがあった。どうして今まで忘れていたのだろう。確かあの時、僕たちは言葉を交わしたのだ。

音楽室にはほかに誰もいなかった。廊下を通り過ぎようとして何気なく気配を感じ、立ち止まった。彼女は背伸びをし、そろそろと腕を伸ばし、戸棚のガラス戸を開けようとしていた。なぜ僕がすぐに立ち去らなかったのか、理由は分からない。そこに秘密めいた匂いがあったからだろうか。それとも、腕を持ち上げた時、セーラー服の脇からのぞいた肌が、あまりに白かったせいかもしれない。

ギシギシ軋みながらガラス戸は開いた。彼女は一つ息を吐き出してから、中に立て掛けてあったバイオリンを手に取った。恐れるようにそれを見つめ、そっと胸に抱き寄せた。

「ねえ、どうかしたの？」

あの時、声なんか掛けるべきじゃなかった。心ゆくまでバイオリンに触れさせてあげるべきだったのだ。

「いいえ。何でもないの」

彼女はびくっと身体を震わせ、あわててバイオリンを戸棚に戻した。弦がどこかにぶつかって、小鳥の悲鳴のような音がした。

デザートは生クリームのたっぷりかかった、苺のケーキだった。男はナプキンを無造作に丸め、テーブルに置いた。ソースの染みで汚れていた。

「もしよかったら、お父さんの分も食べなさい」

一瞬、ひんやりとした空気が僕たちの間をすり抜けた。お父さん……という言葉だけが、いつまでも耳の中でいびつに響いていた。僕は心配になって隣を見た。彼女はただひたすらケーキを飲み込んでいた。唇がクリームの脂で潤んでいた。

「いいえ、結構です」

彼女は答えた。


帰りは地下鉄には乗らず、町を二人で歩いた。駅まで来ても彼女は階段を降りようとせず、ただずんずんと歩くばかりだった。

私の車で送らせよう、と男は何度も言った。店の前に停まっていたのは、完璧に磨き上げられた黒い車だった。しかし彼女は丁重にその申し出を断った。

駅五つ分の距離を歩き通し、僕たちの住む見慣れた風景に戻ってくるまでの間、彼女は一言も口をきかなかった。片方の手でショルダーバッグの紐を握り、真っすぐ前を見据え、早足で歩いた。咳もしなかったし、ため息もつかなかった。身体から発せられるのは、ただ靴音だけだった。

彼女は怒っているのかもしれないと、僕は心配だった。せっかくついてきたのに、何の役にも立たなかった。無能にも料理を平らげるばかりで、その場の雰囲気を和ませようと努力もしなかったし、彼女を元気づけることもできなかった。

僕は歩調を合わせ、身体は触れず、かといってよそよそしくもない距離を計りながら、何か今からでも遅くない救いの言葉はないだろうかと考えた。けれどそんなものは、一つも思い浮かばなかった。

いつの間にか日は西に傾きはじめていた。顔を上げるたび、夕焼けの色が濃くなっていった。公園で遊んでいた子供たちはそれぞれの自転車にまたがり、僕たちを追い越していった。どこかの家からテレビの音が漏れていた。路地を走り抜ける、野良猫の尻尾だけが見えた。食べ慣れないフランス料理と沈黙の塊が胸をふさぎ、僕は息苦しかった。

風もないのに、彼女の髪は美しくなびいた。そのたびに耳が見えた。セーラー服の脇からのぞいていた肌と同じように、それも白く透き通っていた。男の耳の形とは、少しも似ていなかった。

突然彼女は立ち止まった。何の合図もなかった。ゼンマイがぷちんと切れるように、歩くのをやめた。

「家まで送っていくよ」

僕は言った。歩きすぎて爪先がじんじんしていた。

「どうもありがとう」

僕を見上げながら、彼女は言った。声がかすれていたせいで、それはひどくはかなげな言葉のように聞こえた。

僕たちは古びた建物の前のステップに、並んで腰掛けた。斜め前には散髪屋、その向こうには託児所が見えた。裏は小高い丘で、果樹園になっていた。時折オートバイが走り去ったり、犬を散歩させる老人が通り過ぎたりしたが、僕たちの邪魔をするものは何もなかった。

「少し休んだ方がいいよ」

「そうね。その通りだわ」

スカートが皺にならないよう、彼女は裾を引っ張った。その柔らかい布地が、ほんの少しだけ僕のズボンに触れた。横顔が夕闇に沈もうとしていた。背中の汗が冷たかった。

「お母さんの入院している病院、どこ?」

「中央病院」

「今度、お見舞いに行くよ」

「本当? うれしい。喜ぶと思うわ。いつも一人で寂しがってるから」

僕たちの靴の間を蟻が這っていた。コンクリートのステップは固くざらざらしていた。

「うちの母さんはね……」

下からのぞき込むようにして、彼女は言った。

「タイピストなの」

「へえ、そうか……」

「しかも優秀なタイピストよ。ビジネスレターでも、論文でも、会議の資料でも、会社中で一番早く、正確に打つことができるの。コンテストで金賞をもらったこともあるわ」

「すごいじゃないか」

「とっても長くてしなやかな指をしてるの。それを自由自在に、優雅に操ることができるのよ」

「君の指もきれいだ」

膝の上に置かれた手から目を離さず、僕は言った。

「タイプライターじゃなくて、本当は楽器を弾きたかったのよ。きっと美しい音を鳴らすことができたと思うわ」

僕は音楽室に響いたバイオリンの音を思い出した。それがいつまでも鼓膜に張りついて離れなかった。

「ねえ、ここが昔郵便局だって、知ってた？」

その音を消そうとするように、不意に彼女は立ち上がった。

「もう随分昔、私たちが幼稚園の頃は、郵便局だったの」

確かに、扉に色あせたマークが残っていた。その上に掛かった看板はすっかり錆ついていたが、よく目をこらすと、郵便局の文字が微かに読み取れた。

「わあ、ねえ、見て見て」

扉のすき間から中をのぞいていた彼女が声を上げた。こんな弾んだ声を出すのを聞くのは初めてだった。

言われた通り、僕も中をうかがった。薄暗くて最初はよく見えなかったが、何度かまばたきするうち、だんだん様子が分かってきた。

「すごい……」

僕はつぶやいた。中にはびっしり、天井に届くほど高く、黒っぽくて小さい球状の何かが、積み上げられていた。

「キーウイよ」

彼女は言った。

「キーウイ?」

僕は彼女の言葉をそのまま繰り返した。

「中へ入ってみましょう」

「でも、鍵が掛かってる」

「大丈夫。壊せばいいわ」

彼女は足元の石を拾い、扉の把手に巻き付いた鎖に打ち付けた。すさまじい音がし、ガラスがビリビリ震え、蝶番《ちょうつがい》が外れそうになった。けれど彼女はひるまなかった。いつもあんなに申し訳なさそうにしている彼女が、堂々と鍵を壊していた。

扉を押し開き、中へ足を踏み入れたとたん、僕たちは長い息を漏らした。それは間違いなくキーウイだった。スーパーで売っている当たり前のキーウイだった。なのにその風景はめまいがするほどグロテスクだった。

僕たちはそろそろと中へ進んだ。二十畳ほどの広さがあり、キャビネットや机や段ボールや鉛筆削りが散乱していた。郵便局だった頃の名残か、手前のカウンターには、カラカラに干涸びた朱肉と、埃だらけの分銅秤《ふんどうばかり》がのっていた。

そして残りの空間は、すべてキーウイで埋め尽くされていた。闇に包まれた部屋の奥から、僕たちの足元にいたるまで、この部屋を支配しているのはとにかくキーウイなのだった。

息を吸い込むと甘酸っぱい匂いがした。彼女は恐れずどんどんカウンターの奥へ入ってゆき、一個を手に取った。何かの拍子に山が崩れ、彼女を押しつぶしてはいけないと、僕もあわててあとに続いた。

どれもこれも新鮮だった。一個として傷ついたり腐ったりしたのはなかった。果肉はしっかりとし、皮には張りがあり、棘が触ってチクチクした。

「おいしそうだと思わない?」

彼女は言った。

「いくら食べたってなくならないわ」

皮もむかず、彼女はそのままキーウイにかぶりついた。果肉を嚙む歯の音が、すぐ耳元で聞こえた。

いくつもいくつも、彼女はキーウイを食べた。飢えた子供がむしゃぶりつくように、あるいは病んだ老婆が嘔吐するように食べた。アイロンのかかったブラウスも、美しい手も、すぐにべたべたになった。

僕はただ見守るしかなかった。哀しみの発作が通り過ぎるまで、そばについてじっと待ってあげることしかできなかった。唇からあふれた果汁は、涙のように彼女の頰を濡らした。

あの不思議な日曜日から、二十年以上がたった。次の月曜日、登校してきた彼女は普段の目立たない彼女に戻っていた。僕たちが親しく口をきくことはもうなかった。

冬休みに入ってすぐ、お母さんは亡くなった。お見舞いに行く約束を、僕は破ってしまった。彼女は大学へは行かず、専門学校に入った。調理師の学校だった。洋菓子が専門らしいと、誰かが噂していた。卒業して以来、二度と会うチャンスはなかった。あの一日は、音楽室の出来事と一緒に、記憶の海の一番奥底に沈めた。

ただ一回だけ、電話を掛けたことがある。卒業して五、六年たった頃だろうか。新聞にあの男の死亡記事を見つけ、たまらなく彼女のことを思い出してしまった。同窓会名簿をめくり、勤め先の洋菓子屋へ電話した。

「あの時、私、あなたにちゃんとお礼も言わなかった。ごめんなさい」

「いいんだよ。僕の方こそ何の役にも立てなかった」

「いいえ。あなたがいてくれて、どんなに救われたか……。本当はお礼が言いたかったのよ。心の底から感謝してたの。だけど、あの時私……」

電話の向こうで彼女は泣いていた。男の死を悲しんでいるんじゃない。あの日、郵便局の中で流すはずだった涙が、今こぼれているのだと分かった。遠い記憶の一点から、静かに届いてくる涙だった。

老婆　J

新しく引っ越したアパートは、小高い丘のてっぺんにあり、見晴らしがよかった。一階の部屋からでも、扇形に広がる町並みと、その向こうに横たわる海が見通せた。親しい編集者が紹介してくれたのだ。

　丘の斜面は果樹園で、桃と葡萄と枇杷が少し、あとはほとんど全部キーウイだった。大家のJさんの所有地らしかったが、Jさんは年老いた一人暮らしの未亡人で、果樹園の世話をすることはなかった。かといって誰か人を雇っている様子もなく、いつでも丘はしんとしていた。なのに木々には立派な果物がなっていた。

　特にキーウイは枝がたわむほどで、風の強い月夜などは、深緑色のコウモリが何匹も何匹も、ゆさゆさと丘を揺らしているように見えた。何かの拍子に彼らがいっせいに飛び立ちはしないかと、心配になることもあった。

　いつ誰が手入れをし、収穫しているのか、ある日気がつくと一つの区画のキーウイがきれいに姿を消し、しばらくすると再び小さな実がつきはじめていた。もっとも私は夜中に執筆し、昼近くまで眠っているから、果樹園で働く人々を知らないだけかもしれない。

アパートはコの字形の三階建てで、ゆったりとした中庭がついていた。真ん中に大きなユーカリの木があり、強すぎる日差しをやわらげてくれていた。Jさんはそこを家庭菜園にして、トマトや人参や茄子やインゲンや唐辛子を育てていた。気に入った店子にはよく分けてあげているようだった。

中庭をはさんで真向いがJさんの部屋だった。カーテンが半分はずれたままで、いつまでもそれが修繕される気配はなかった。仕事机から視線を上げると、ちょうどその先がカーテンのない窓だった。

窓越しにうかがうかぎり、Jさんは質素で面白みのない毎日を送っていた。私が起きる頃はたいてい昼ご飯時で、テレビを見ながら大儀そうに口を動かしていた。食べ物がこぼれると、テーブルクロスや袖口でゴシゴシこすった。あとは編み物をするか、鍋を磨くか、ソファーでうたた寝するか、そんなところだった。私が仕事に集中しはじめる時刻になると、擦り切れたネグリジェに着替えてベッドへ潜り込んだ。

いくつくらいなのだろう。八十はとうに過ぎているように思う。足元はよろよろして頼りなく、しょっちゅう椅子にぶつかったり、食卓のコップを倒したりする。

ただ唯一家庭菜園だけは特別だった。水をまいたり、添え木を立てたり、ピンセットで害虫をつまみ取ったりしている時のJさんは楽しそうだった。野菜を収穫するハサミの音が、中庭に軽やかに響いた。

私が初めてJさんから野菜をもらったのは、野良猫がきっかけだった。

「まったくお前たちは、何ていう悪ガキどもなんだろうね」

Jさんはシャベルの柄を振り回していた。皮膚病にかかっているらしい、Jさんと同じくらい年老いた猫が果樹園の方へ逃げてゆくのが見えた。

「松葉を置いておくといいですよ」

窓を開け、私がこう呼び掛けると、彼女は怒った表情のままこちらへ歩いてきた。

「せっかく植えた種は掘り返す、臭いフンはする、ミャーミャー鳴く。全く手に負えないんだから」

「畑の周りに松葉を置いとけば、寄りつきませんよ」

「どうしてこう、うちにばかり集まってくるのか。あの毛が我慢ならないねえ。アレルギーでくしゃみが止まらなくなるんだ」

「猫はチクチクするものが嫌いなんです。だからどこかで松葉を……」

「誰かこっそり餌でもやってるんじゃあるまいね。もしそんなところを見つけたら、あなたからも文句を言ってやって下さいよ」

喋りながらJさんは、勝手口から私の部屋へ入ってきた。

一通り猫の悪口を言い終わると、Jさんは好奇心を抑えきれない様子で、散らかった仕事机や、食器戸棚や、出窓に並べたガラスの置物などを見回した。

「小説家なんだってねえ」

舌がもつれて、ショウセツカという言葉が発音しにくそうだった。

「ええ、そうなんです」

「物書きはいいよ。静かでねえ。昔このアパートに、彫刻家がいたけど、あれは駄目だ。石を削る音がガンガン響いて、以来私は耳を悪くしたよ」

Jさんは自分の耳をつつき、今度は本箱の前に立って一冊一冊背表紙を指差しながら、題名を読みはじめた。目が悪いからか、字が読めないからか、どれもでたらめだった。

Jさんはこれ以上考えられないほどに痩せていた。髪はまばらにしか生えておらず、額は狭く、代わりに顎が長くとがっていた。両目が離れ、鼻が低いために、顔の中央に不自然な空白が広がっていた。一言喋るたびに入歯が外れそうになり、骨と骨のこすれ合うような音がした。

「ご主人は何をなさっていたんです？」

私は尋ねた。

「ご主人なんて上等なもんじゃないよ。ただの酔っ払い。ここの家賃と、私がマッサージ師で稼いだ金で、何とかやってきたんだ」

本箱に飽きると彼女はワープロに手をのばし、まるで危険なものに触れるように、二つ三つキーを押した。

「それをあいつは博打に使ってしまって。だからろくな死に方できなかったの。酔っ払って、海に落っこちて、そのまま行方不明」

「よかったら今度、マッサージをしていただけません？　座ってばかりで肩が凝って」

ご主人の悪口が長々と続きそうで、私はあわてて話題を変えた。

「ああ、いいとも。いつでも声を掛けておくれ。まだ指はなまっちゃいないからね」

Jさんは指を鳴らした。本当に骨が折れてしまったんじゃないかと思うくらい、大きな音がした。帰りぎわJさんはとれたてのピーマンを五個くれた。


次の日、目覚めてみると、庭中松葉で覆われていた。野菜が植わっている以外の場所は、ユーカリの根元も物置の周りも、どこもかしこも松葉だらけだった。

「なぜこんなことをするんです？」

アパートの誰かが尋ねていた。

「猫退治だよ。猫は松やにの匂いが嫌いなの。昔私が娘の頃、おばあさんがそう教えてくれてね」

自慢げなJさんの返事が聞こえた。

彼女に娘時代などあったのだろうか。生まれた時からずっと、老婆のまま変わらずいるような気がする。

ある晩珍しくJさんに来客があった。大柄な中年男性だった。オレンジ色の満月が浮かび、ことさら窓ガラスをくっきりと照らしていた。男がベッドに横たわり、その上に彼女がまたがった。

最初Jさんが男の首を絞めているのかと思った。いつもの彼女ではないみたいに、機敏で力強かったからだ。両足はしっかりと男の身体を押さえ込み、腕は要所をとらえていた。ベッドの中で男はどんどんしぼんでゆき、反対に彼女は指先からエネルギーを吸い上げ、膨張しているかのようだった。

マッサージは長く続いた。松葉の匂いが闇に溶け、あたりを漂っていた。

Jさんはしょっちゅう私の部屋に遊びに来るようになった。膝に水がたまるだの、ガス代の値上げが許せないだの、暑すぎるだの、たわいもないお喋りをして、お茶を一杯飲んで、帰っていった。大家との関係を悪化させたくなかったので、できるだけ礼儀正しく振る舞うようにした。そして来るたび、彼女がくれる野菜の量も増えた。

おかげで郵便や小包みを快く預かってくれるようになった。

「こんなものが届いてたよ」

私が帰宅するとすぐ、ハンドバッグを置く間もなく、Jさんはやって来た。彼女の部屋からも、こちらは丸見えなのだった。

「今日の昼間、運送会社が配達してきたよ」

「どうもありがとうございます。あら、友だちからホタテ貝みたいだわ。お好きですか？よかったら後でお裾分けします」

「まあ、そりゃあありがたいね。ホタテといえば高級品じゃないか」

包みを解きながら、私はひどく気分が悪くなった。ホタテ貝は全部腐っていた。保冷剤はとっくに溶け、冷気など残っていなかった。ナイフで貝殻を開けたとたん、濁った液体に変化してしまった身と内臓が、ドロドロ垂れてきた。

荷札をよく見直すと、日付が二週間も前になっていた。

「ねえ、ねえ、ちょっと。これを見てごらんよ」

突然Jさんが叫びながら、奥の台所にまで入ってきた。

私はちょうど夕食の準備中で、ポテトサラダを作っていた。

「何ですか？　それは……」

「人参だよ、人参」

彼女は誇らしげにそれを私の目の前に突き出した。

「まあ、何て変わった形なんでしょう」

私はジャガイモをつぶしていた手を止めた。確かにそれは普通の人参ではなかった。手の形をしていたのだ。

ちゃんと五本、指があった。親指が一番太く、中指が一番長かった。赤ん坊の手のように丸々としていた。不自然に変形した様子はどこにもなく、一つのまとまった形を成していた。ついたままになっている葉っぱが、特別にあつらえた飾りのようだった。

「これ、あげる」

Jさんは言った。

「いいんですか？　こんな珍しいもの」

「ああ。三本とれたからね。特別にあなたにあげるよ。誰にも内緒だよ。妬《ねた》む人がいるかもしれないからね」

　私の耳に唇を近づけ、彼女はささやいた。湿っぽい息が吹き掛かった。

「おやまあ、ポテトサラダだね。ちょうどよかったじゃないか。人参が手に入って」

　愉快でならないというふうに、Jさんは笑った。

　どこにどう包丁を入れたらいいのか、私は迷った。それにはまだ太陽の温もりが残っていた。水で洗い、土を落とすと、鮮やかな赤色があらわれた。

　とにかく最初に、五本の指を根元から切り落とすのが、妥当なやり方に思えた。それらは一本ずつ、まな板の上を転がった。その晩私は、小指と人差し指の入ったポテトサラダを食べた。


　風の強い一日だった。真夜中を過ぎてもおさまる気配はなく、空の高いところで渦を巻いた風が、丘の斜面に吹きつけてきた。いくらきつく鍵を閉めても、キーウイの揺れる気配が部屋に忍び込んできた。

　私は出来上がった分の原稿を台所で朗読していた。最後の仕上げに声を出して読んでみるのが、私のやり方だった。でも本当は、キーウイの揺れる音を聞くのが怖かったのかもしれない。

ふと流し台の奥の窓に目をやった時、果樹園に人影を見つけた。果樹園は闇に包まれていた。その急な斜面を、誰かが駆け降りていった。背中しか見えなかったが、大きな段ボールを抱えているのが分かった。風が途切れた瞬間に、草を踏む足音も聞こえた。

丘を下りきって道路へ出ると、街灯に照らされ姿がはっきり見えた。やはり、Ｊさんだった。

髪は逆立ち、腰にぶら下げた汗拭き用のタオルは解《ほど》けそうなほどなびいていた。段ボールは重みで底がたわみ、明らかにＪさんの身体に比べて大きすぎたが、彼女は少しも苦しそうにしていなかった。キッと前を見据え、背筋をのばし、上手にバランスを取っていた。まるで彼女自身が、段ボールの一部になってしまったかのようだった。

私は流し台に近寄り、目を凝らした。一段と強い風が吹き抜けていった。彼女は立ち止まり、よろめいたが、すぐに体勢を立て直した。キーウイのざわめきがますます高くなった。

Ｊさんは丘のふもとにある、閉鎖された古い郵便局へ入っていった。散歩の途中、時折通りかかるだけで、今何に使われているのか、そこも彼女の所有地なのか、私は一切知らなかった。

彼女がようやく自分の部屋へ戻ってきたのは、東の海の色が変わりはじめる頃だった。さっぱりしたように服を脱ぎ捨て、うがいをし、髪をかきむしった。それからいつものネグリジェを着た。

もうすっかり元の年老いたＪさんに戻っていた。洗面台からベッドへ移動するだけで二度も家具にぶつかったし、ネグリジェのホックを留めるのもおぼつかなかった。

　私は朗読を再開した。掌の汗で、原稿が湿っていた。


　手の形をした人参は、それからいくつもいくつもできた。アパート中全部の住人に配っても、まだ余るくらいだった。ピアニストのように繊細な手、樵《きこり》のように頑丈な手、むくんだ手、毛深い手、痣《あざ》のある手……。いろいろだった。

　Jさんはそれらを大事に収穫した。指一本でも欠けたら大変というように、少しずつ土を掘り返し、慎重に葉っぱを引っ張った。そして土を払い、日の光にかざしながら、その形を眺め回した。


「ひどく凝ってるね」

　Jさんは言った。私は返事をしようとしたのだが、全身を彼女に支配され、ただうなるしかできなかった。

　言われた通り、私は枕に顔を押し当て、ベッドでうつぶせになった。彼女が覆いかぶさってきた時、思いもしない強い力がかかった。鉄の毛布でくるまれたような気分だった。人を戸惑わせる力だった。

「じっと座ってばかりだから、よくないねえ。ほら、ここなんか凝りが固まって、瘤みたいになってるよ」

彼女は首の付け根の一点に、親指を突き立てた。指先が深く食い込んできた。痛くて首を動かそうとしたが無理だった。どんな身体の部分でさえ、一ミリも動かすことができなかった。

冷たい指だった。皮膚や肉の感触はなかった。それは骨そのものだった。

「この瘤をね、グリグリ押し潰しておかなくちゃ、楽にはなれないからね」

ベッドが軋み、足元のバスタオルが滑り落ち、Jさんの入歯が鳴った。

このまま放っておいたら、彼女の指は皮膚を突き破り、肉を裂き、骨を砕いてしまうかもしれない。私は叫び声を上げたかった。枕が唾液で濡れた。

「遠慮することはないさ。私とあなたの仲だからね。特に念入りにやってあげるよ」

Jさんはますます強い力で私をがんじがらめにした。

「さあ、もう少しお二人近寄って。自然な感じで笑って下さい」

カメラを構えた新聞記者は、アパート中に響きわたる大きな声で言った。Jさんの耳が遠いと思ったのだろう。

「あっ、人参をもっと持ち上げて。五本の指が全部写るように、葉の根元の所を持って下さい。はい、そうです。その調子です」

私たちは畑の真ん中に立たされていた。新聞記者は動き回るたびに松葉を踏みつけた。何事が起きたのかと、住人たちが窓から顔をのぞかせていた。

私はどうにかして微笑もうとしたが、うまくいかなかった。日差しがまぶしすぎて目を開けているのがやっとだった。口元も腕も視線も全部がバラバラで、ぎこちなかった。そのうえあのマッサージのせいで、身体のあちこちが痛んだ。

「お二人でちょっと言葉を交わすような感じ。硬くならなくてもいいですよ。人参はこっちに向けたままにしておいて下さい。何といっても人参が主役ですからね」

Jさんはできうるかぎりのおめかしをしていた。貧相な髪の毛を隠すために頭にはネッカチーフを巻き、口紅を塗り、くるぶしまで届く長いワンピースを着ていた。靴もいつものサンダルではなく、古めかしいデザインの革のハイヒールだった。

しかしネッカチーフは額の狭さを強調するだけだし、口紅ははみ出していた。それにワンピースと革靴は、どう見ても人参には不似合いだった。

「きれいに撮って下さいよ。新聞に載るなんて、この歳になるまで一度もなかったんだから。お願いしますよ」

Jさんは声を上げて笑った。喉が引きつれ、声がかすれ、顔中の皺がうねった。

次の朝、新聞の地方版に記事が載った。

『おもしろ人参発見！　掌の形をした人参、おばあさんの家庭菜園からザクザク』

ヒールが畑に食い込んだのか、Jさんは心持ち身体を右に傾け、細い身体を精一杯立派に見せようと、胸を張って立っている。両手に持った人参は選りすぐったもので、形、大きさとも申し分ない。あんなに笑っていたはずなのに、写真に写った一瞬は、唇が歪んでいるせいで、怯えているように見える。

その横で私は、やはり人参を持たされ、何とか形だけは微笑んでいる。けれど焦点のあやふやな視線が、決まりの悪さをあらわしている。

写真にするとますます人参は異様に見える。悪性腫瘍に冒され、切断された掌のようだ。Jさんと私は掌をぶら下げている。それはまだ生温かく、血がしたたっている。


「ご主人にお会いになったことは?」

刑事が尋ねた。

「いいえ。ついこの間、越してきたばかりなんです」

私は答えた。

「死んだと、聞かされていましたか?」

もう一人の若い方の刑事が続けて質問した。

「ええ。お酒に酔って、海に落ちて死んだと……。いいえ、ごめんなさい。行方不明だって、そう言ったかもしれません。よく覚えていません。特別親しかったわけじゃありませんから……」

私は中庭に目をやった。Jさんの部屋に人影はなかった。片側だけのカーテンが風にそよいでいるだけだった。

「どんなささいな出来事でもいいんです。何か不審に思うようなことがあったら、教えてもらえませんか」

若い刑事は身体をかがめ、私と視線を合わせるようにして言った。

「不審、不審、ふしん……」

私はその言葉を繰り返しつぶやいた。

「一度、真夜中に、果樹園を駆け降りてゆく姿を見たことがあります。重そうな段ボールを抱えて、急ぎ足で。下の郵便局へ持って入ったようでした。今は使われていない、古い郵便局です」


すぐに郵便局が捜索された。そこはキーウイが山積みになっていた。すべてのキーウイが運び出されたが、見つかったのは皮膚病にかかった野良猫の死骸だけだった。

次に中庭にパワーシャベルが持ち込まれ、土が掘り返された。松葉が潰れ、むせるような濃い匂いが漂った。窓辺に立って様子を見守る住人たちは、みな鼻と口を覆っていた。

畑から白骨化した死体が発見されたのは、果樹園が夕焼けに染まる頃だった。検死の結果、Jさんの夫であることが判明した。死因は絞殺。Jさんのネグリジェからは血液反応が出た。

しかし、中庭中どこを掘り起こしても、両方の手首から先だけは、発見されなかった。

眠りの精

汽車は混んでいた。座席はすべて埋まり、デッキには立っている人の姿もあった。暖房が切れたのか、足元がひんやりしてきた。

車両の前の方には、揃いの紺のブレザーにベレー帽をかぶった、十歳くらいの子供たちが三十人ほど座っていた。女の子は胸元にリボンを結び、男の子は蝶ネクタイを締めていた。引率しているらしい男性は、時折視線を上げて子供たちに注意を払いながらも、熱心に分厚い本を読んでいた。

汽車が動かなくなってそろそろ一時間になろうとしていた。車内放送はただ、ポイントの故障で復旧までにもう少し時間がかかると、繰り返すばかりだった。

窓の向こうでは、季節はずれの雪が降っていた。線路沿いの桜はほころびかけているというのに、チラチラしはじめた雪は一向に止む気配がなく、それどころかひどくなる一方で、あっという間に風景を全部白一色で覆ってしまった。

「ママの葬儀に間に合うだろうか」

誰にも気づかれないよう、僕はつぶやいた。腕時計を見やり、それから窓ガラスのくもりを拭った。指が冷たく濡れた。息が詰まるほどに、雪は降り続いていた。

ママの死を教えてくれたのは、出版社で手芸雑誌の編集をしているガールフレンドだった。

「昔、あなたのお母さんだった、作家のあの人。亡くなったのよ。おととい、心臓発作で……。余計なことだったかしら。もしそうなら、ごめんなさい……」

僕を傷つけないように、彼女はとても気を使ってくれた。

十歳から十二歳の間だけ、その人は僕のお母さんだった。ちょうど今、ベレー帽をかぶっている彼らくらいの年頃の話だ。もう三十年近く昔のことになる。結局それは、僕が人生において、母親というものを持てた唯一の時間となった。

血のつながった母は、僕を産んですぐに死んだ。鼻の中にできたおできを引っ掻いて、そこからバイキンが入ったのだ。

「鼻は脳みそに近いだろ?」

父はいつもそう説明したものだ。

「だから大事にしなくちゃいけない。バイキンはすぐ脳みそに入り込んでしまうからな」

僕は耳鼻科に行くのが何より怖かった。先端が微妙に湾曲した、僕の鼻には明らかに長すぎる銀色の管を差し込まれる時、それが過って脳に突き刺さるのではないかという恐怖から、逃れられなかった。

実母の記憶は一切なかった。母親とはどういうものなのか、その意味が分からなかった。

あの人があらわれるまで、僕にとっての母とは、鼻の奥に触れる金属の感触だった。

父が再婚した相手は、画材店に勤める若い女性だった。僕とは十四しか歳が違わなかった。父は中学の美術の教師で、その画材店をよく利用していたらしい。

ママは小柄で無口な人だった。子供の僕から見ても、首や爪や膝や足や、とにかく身体のあちこちが全部こぢんまりとしていた。

「なんて小さな靴なんだろう」

それが第一印象だった。玄関に脱ぎ揃えられた靴を、僕はしばらく眺めていた。上品な黒色で、ヒールが高くて、ちゃんとした大人の女性にふさわしいデザインをしているのに、掌にのせれば、両手でくるんでしまえそうな気がした。

僕たち三人の生活はぎこちなくスタートした。みんなそれぞれ自分に与えられた慣れない役割を、どうにかしてうまくこなそうと努めた。かといって張り切り過ぎるのは逆効果だということを、ちゃんと心得てもいた。もたもたせず、素早く理性を働かせること、それが何より大事だった。今から思うと不思議だが、十歳には十歳なりの理性が確かにあったのだ。

父は彼女に七宝焼のペンダントをプレゼントした。自分の工房と呼んでいた、美術室の隣にある倉庫で、父が作ったものだ。緑や紫や臙脂や山吹色に彩色された六角形に、金の鎖がついていた。見る角度によって様々な色に変化した。ほっそりした首に似合うよう、とても小さく作ってあった。彼女はそれをどんな時でも身につけていた。

僕がママと呼ぶと、彼女は喜んだ。

「何だか急に、自分が大人になった気がするわ」

そう言った。だから僕は何度でも、ママと呼んであげた。

たった二年で二人が離婚したあとも、記憶の中で彼女はずっとママであり続けた。ある日、本当の名前が思い出せなくなっていることに気づいて動揺した。父に尋ねるのは気が引けたし、彼女にまつわる物はもう何も残っていなかった。僕は焦って家中を引っ掻き回した。このまま放っておくと、彼女との記憶まで失われてしまいそうで怖かったのだ。

ようやくタンスの引き出しの隅から見つけ出したのは、七宝焼のペンダントだった。それは少しも色褪せていなかった。裏に彼女の名前が彫ってあった。僕はほっとし、それを元の場所に戻した。

僕と二人きりの時、彼女はあまり喋らなかった。不機嫌というのではなく、僕をそっとしておいてくれたのだと思う。無理矢理何かを聞き出そうとしたり、一方的に話題を押しつけてきたりはしなかった。その証拠に僕の言葉には熱心に耳を傾けてくれたし、いつでも微笑みを返してくれた。僕たちは二人の間に漂う沈黙を、十分楽しむことができた。

無口なかわりに彼女は独り言が多かった。台所で夕食の支度をしているような時、気づかれないようそっと僕が様子をうかがうと、何かぶつぶつつぶやいていることがよくあった。歌っているようでもあり、芝居の台詞を暗唱しているようでもあり、神に懺悔しているようでもあった。

意味を聞き取ろうとして耳をそばだてたが、うまくいったためしがなかった。僕に気がつくとママはさっと口をつぐみ、ごまかすようにことさらに音を立てて包丁を動かした。

　暇な時ママはダイニングテーブルに座り、よく書き物をしていた。大学ノートを広げ、髪の毛をいじったり、消しゴムのかすを集めたりしているかと思うと、不意に鉛筆を走らせた。

「何を書いてるの？」

　僕が邪魔をしてもママは怒らなかった。

「小説よ」

　むしろ僕がそばにいるのを望んだ。まるで僕の身体の奥に、新しい言葉が潜んでいるとでもいうかのように、じっとこちらを見つめた。

「どうしてそんなものを書くの？」

「書きたいからよ。ただそれだけ。でも、パパには内緒にしておいてね」

「なぜ？」

「だって、恥ずかしいもの。パパは本物の芸術家でしょ？」

　父が芸術家だったかどうか、僕には分からない。確かに〝工房〟でいろいろな物を作ってはいた。でもそれは、自分が使うパイプや、僕の筆箱や、表札や、マガジンラックや、犬の首輪だった。ママはよっぽどあのペンダントが、気に入っていたのかもしれない。

　父の帰りが遅い夜や、出張で留守の時、ママは僕の部屋へやって来た。パジャマを着たままの僕を椅子に座らせ、前に立って大学ノートに書かれた小説を朗読した。

　正直なところ、それがどんな物語だったのか、何一つ覚えていない。たぶん、十歳の子供には難しすぎたのだと思う。けれどママはそんなことにはおかまいなしに、たった一人の聴衆に向かって、朗読をし続けた。

僕が覚えているのは、華奢な身体付きには不釣り合いの、低くてよく響く声。ページをめくる時の、かさっ、という音。胸元で揺れるペンダント。それだけだ。

眠る時間をとうに過ぎても、朗読は終わらなかった。ママは視線をノートに落としたきり上げようとせず、時折二、三歩右へ左へと動いたが、決して僕からは遠ざからなかった。僕は両手を膝にのせ、背筋を伸ばし、精一杯姿勢をよくしようとした。退屈な表情を見せまいと、細心の注意を払った。

やがてママの声はかすれはじめた。言葉の輪郭がぼやけ、息を吸い込むたびに喉が震え、唇が乾いてひび割れた。

ひょっとして、ママは泣いているんじゃないだろうか。そう何度も錯覚した。かすれた声は哀しみに満ちて聞こえた。朗読が早く終わってくれるようにと、僕は祈った。つまらないからじゃなく、ママが哀しむのを見たくなかったからだ。

汽車は相変わらず止まったままだった。隣の中年女性は、バッグの中から暇をつぶすための道具をあれこれ取り出していた。最初は絵葉書、それから編み物、次はみかん……。魔法のように何でも出てきた。今は週刊誌のクロスワードパズルを解いていた。答えを思いつくたび、ボールペンでテーブルを叩き、ます目を埋めた。

向かいには、大学生らしい若い女性が並んで座っていた。二人とも化粧けがなく、流行遅れのぱっとしない身なりをしていた。さっきから何か真剣に議論していた。論理的で淡々としたやり取りだったが、結論が出る気配はなかった。一つの仮定が新たな論点を生み、それを検証している間に矛盾が明らかになり、最初から洗い直してゆくうちにまた別の問題に突入してゆく……。そんな感じで終わりがなかった。

汽車が動かないことなど、少しも気に掛けていない様子だった。それほど熱心に語り合うべき問題がこの世にあるのか、僕には見当もつかなかった。

ベレー帽の子供たちは、お利口にしていた。騒いだり走り回ったりする子は一人もいなかった。引率の男性がキャンディーを配りはじめると、みんなおとなしく順番を待ち、それを静かになめた。

風が出てきたのか、雪は宙で舞い、ぶつかり合いながら落ちてきた。下草のはえた雑木林も、農家の屋根も、線路脇の土手も、雪に包まれようとしていた。

ママと二人で動物園に行ったのも、こんな雪の日だった。僕たち以外、他に誰もお客さんはいなかった。切符売場に無愛想なお姉さんが一人座っているだけだった。

どうしてあんな寒い日に動物園なんかに行ったのだろう。そう、ママが言い出したのだ。今度の小説で動物園を書くのよ。だから行ってみたいの、と。

僕は衿と袖口に人工毛皮のついた茶色いオーバーを着て、耳当てと手袋をはめ、足には靴下を二枚重ねてはいていた。僕とママは手をつなぎ、身体をくっつけて歩いた。強い風が通り抜ける時は、いっそうしっかりと身体を寄せ合い、吹き付ける雪をやり過ごさなければならなかった。

「どうしても見学しとかなきゃならない動物がいるんなら、教えてよ。僕、付き合うからさ」

「せっかくだから、全部の檻を見て回りましょうよ。いいでしょ?」

雪の中のママは余計華奢に見えた。コートの下に触れる肩は強く押すと壊れそうだったし、ロングブーツはやはり、人形の靴のようだった。

しかし寒さのせいか、ほとんどの動物は奥へ引っ込んだきりで、どんなに目を凝らして探しても、空っぽの檻ばかりだった。

チーター、ベンガル虎、ピューマ、ラクダ、カモシカ、ライオン……。

僕は一つ一つ名札を読み上げていった。たとえ姿は見えなくても、僕たちはそれぞれの檻の前で立ち止まり、手すりにもたれ掛かり、ひととき黙って中を観察した。

枯葉の浮かんだ水飲み場があった。血のついた砕けた骨があった。フンの塊があった。どれにも雪が積もっていた。

でも本当に僕が気にしていたのは、むしろ隣にいるママの方だった。ママはもう十分に観察しただろうか。小説に必要な何かを見つけただろうか。それぱかり考えていた。そして次の檻へ移るタイミングをはかっていた。

サイ、ラマ、フラミンゴ、ダチョウ、ペンギン、白くま……。

ペンギンと白くまだけは元気だった。彼らには雪景色がよく似合っていた。ペンギンはせわしなく池へ飛び込み、白くまは首を揺らしながら歩き回っていた。毛に降り掛かった雪が、透明に凍っていた。

アリクイ、ナマケモノ、手長ザル、コブラ、針ネズミ、ワニ……。

次第に僕たちは、空っぽの檻の前でも、そこに暮らしている動物たちの姿をあれこれ想像できるようになってきた。虎があくびをしたり、ラマが耳をピクピクさせたり、ナマケモノが枝を握り直したりしている姿だ。

「どうしてキリンの首は、あんなに長いのかしら」

手すりに積もった雪を払いながら、ママは言った。

「さあ」

僕は答えた。

「理不尽だと思わない?」

りふじん、という言葉の意味がよく分からなかったので、僕はあいまいにうなずいた。

「だって、奇妙でしょ? とにかく、長すぎるんだわ。長いっていうだけで、他に何の取り柄もないのよ。象の鼻みたいに水浴びに使えるわけじゃないし、アリクイの口みたいにアリを吸い込めるわけでもないの」

「うん、そうだね、その通りだ」

「きっとキリンだって、好きであんな長い首になったんじゃないと思うの。もし私がキリンだったら、ごく普通の首のままでいたいわ」

気の毒そうに、ママは言った。

全部の檻を見て回ったあと、ママはソフトクリームを買ってくれた。僕たちはベンチに腰掛け、それを食べた。凍えるほど寒かったのにソフトクリームを食べるなんて、今考えるとばかげているが、その時は不思議にも思わなかった。ママは手袋を外し、ハンドバッグの底から財布を取り出し、かじかんだ指で苦労しながらコインを数えた。

ソフトクリームにも雪が積もった。だから雪も一緒になめた。冷たすぎて甘さは感じなかった。ママは時々僕を下からのぞき込んだ。ママをがっかりさせたくなかったから、できるだけおいしそうな顔をした。風の音に乗って、動物のうなる声が聞こえていた。

ママは動物園の小説を書いたのだろうか。結局それを、僕は朗読してもらえなかったけれど。

「お急ぎのところ、皆様には大変ご迷惑をおかけしておりますが、復旧までもうしばらく時間がかかる模様です。いましばらくお待ちいただきますよう……」

代わり映えのしない放送が繰り返された。車内にため息が漏れた。

「白い尾を長く引いて運行する星って、何でしょう」

ボールペンのキャップでこめかみをつつきながら、隣の女性が尋ねた。

「彗星じゃないですか」

僕は答えた。

「五文字なの」

女性は、スイセイ、とつぶやいて指を折った。

「ほうき星ですよ、きっと」

女子大生の一人が、口をはさんだ。

「ホウキボシ……。そうだわ。これでぴったりだわ。どうもありがとう」

女性はうれしそうにます目を埋めた。

「どういたしまして」

女子大生はまた議論に戻った。


ママが年を取るなんて信じられなかった。記憶の中の彼女は、今の僕よりずっと若い、あの姿のままだった。面影がちゃんと残っているだろうか。見ず知らずの人の葬儀に出ているような気分に、陥りはしないだろうか。僕は心配だった。

「新聞の集金に来た人が見つけたらしいわ。テレビの音がするのに返事がないから、おかしいと思ったんですって」

ガールフレンドは言った。

「原稿用紙を抱えるみたいに、机にうつぶせになっててね」

「前から心臓を悪くしていたんだろうか」

僕は尋ねた。

「さあ、どうかしら。ここ十年くらいは、ほとんど作品を発表していなかったでしょ。だから、うちの出版社でも付き合いのあった編集者はごくわずかなの。でも……」

彼女は口ごもった。

「いいんだよ。気兼ねせず、何でも教えて欲しいんだ」

僕は言った。

「書けないってことで、精神的に追い詰められていたみたいね。誰かが自分の小説を盗作したとか、留守中に誰かが忍び込んで、原稿を盗んでいったとか、そんな妄想に取りつかれて、何度か騒ぎを起こしたの。だから出掛ける時はいつでも、風呂敷に原稿を包んで持ち歩いていたそうよ」

作家としてのママは、決して成功者とは言えなかった。離婚して五、六年たった頃だろうか。ある新人賞の佳作に当選して、新聞に小さく記事が載った。偶然それを見つけた僕は、作品を手に入れ読んでみた。不思議な小説だった。アパートの中庭で大家さんが人参を栽培している。ある時、手の形をした人参がとれる。ちゃんと五本指のある、リアルな手だ。やがてその畑から、大家さんのご主人の、両手のない白骨死体が発見される。……そんな話だった。

それから数冊、本が出版された。話題になることはほとんどなかった。本屋の棚の片隅に、ぽつんと一冊置いてあるような、地味な本だった。けれど僕は必ずそれを買い、父に見つからないよう、引き出しの奥に大切にしまっておいた。

ママがなぜ家を出ていったのか僕には想像もできない。ますます独り言が多くなって、僕に気づいてもやめなくなって、しまいには壊れたレコードのようにつぶやき続けた。

「あなたはとってもいい子だったわ」

最後の日、ママはそう言って僕の頬を両手で包んだ。いつの間にかペンダントが姿を消していた。

「私なんかより、ずっとずっといい子よ」

雪の動物園にいるかのように、ママの手は冷たかった。


「さあ」

男性が声を掛けた。ベレー帽の子供たちは一斉に立ち上がり、二列ずつ通路に並んだ。乗客はみな彼らを見た。隣の女性は雑誌を閉じ、女子大生たちは口をつぐんだ。子供たちは足を開き、両手を後ろに回し、何度かまばたきをした。

「ブラームス作曲。『眠りの精』」

厳かに男は告げた。彼は指揮棒代わりのペンを振り上げ、合図を送った。

不意に、静まり返った車内の空気が震えた。澄んだ歌声が僕らの上に舞い降りてきた。それは声でないもののように美しかった。鼓膜をすり抜け、遠い記憶の泉にまで届いて水面を揺らした。まだほんの小さな子供なのに、彼らは人の心を安らかにするというのがどういうことか、よく知っていた。

僕はママのために祈った。雪はまだ止みそうになかった。

小さな段ボール箱一つ分の遺品を、僕は受け取った。衣類や、ほんのささやかな装飾品や、覚え書き用のノートや、原稿の断片だった。その中に、額に飾られた古い新聞の切り抜きを見つけた。陽に焼けてすっかり変色していた。

アパートの中庭で、老婆が微笑んでいる。ネッカチーフを頭に巻いた、痩せた老婆だった。五本指の人参を、両手で得意げに持ち上げている。その横にママが写っている。やはり手には人参を持っているけれど、晴れがましい雰囲気ではない。むしろ決まりが悪くておどおどしている。天気のいい日だったのだろう。ママは目を細め、まぶしそうだ。まるで、泣いているみたいだ。

白衣

「腎臓内科、短白衣一枚。内分泌外科、長白衣一枚。救命救急センター、短白衣一枚……」

私は第二会議室の床に山積みになった、汚れた白衣を手に取り、ポケットの中を確認する。衿の内側にマジックで書かれた所属を読み上げ、ワゴンに入れる。彼女は椅子に腰掛け、名簿にチェックを入れる。これで来週、洗濯場から戻ってきた白衣に漏れがないかどうか、調べることができる。

秘書室の仕事のなかで、この仕分け作業ほど嫌われているものはない。陰気だし不潔だし、何より洗濯場が地下の霊安室の隣にあるからだ。

地下に通じる特別のエレベーターは旧式で、天井が高く、いつもひんやりしている。そしてガタガタと苦しげな音を立てる。

エレベーターの扉が開くと、目の前にはただ長い廊下が続いているだけだ。これでちゃんと遺体が通り抜けられるのだろうかと心配になるくらい、狭い廊下だ。埃のたまった蛍光灯が、クリーム色の壁をぼんやり照らしている。

白衣の詰まったワゴンを押していると、ある瞬間ふと、背中に力を感じる。目に見えない大きな掌に、背骨を押されているような錯覚に陥る。放っておくとどんどんスピードが増し、ワゴンが一直線に廊下を走り抜け、突き当たりの霊安室の扉を突き破ってしまうかもしれないと怖くなる。だから私たちは懸命に踏ん張り、ワゴンの把手を引っ張る。

「ああ、嫌なの。この感触が一番気持悪いの」

と、彼女は言う。廊下が下り坂になっているせいなのだ。地下室で見る彼女の横顔は、死人のように美しい。

どうしてそんなに霊安室を恐れるのか、私にはよく分からない。秘書室で論文をタイプしている時だって、休憩室でシュークリームを食べている時だって、どこかの病室では人が死んでいるというのに。

「皮膚科、短白衣二枚。循環器内科、長白衣一枚。口腔外科、短白衣一枚……」

まだまだ作業は終わりそうになかった。汚れた白衣の山は、さっきから少しも減っていないように見えた。

「彼、今日の午後は、内視鏡センターのはずよね」

名簿に視線を落としたまま、彼女は言った。

「ええ。月曜ですから」

私は答えた。呼吸器内科のスケジュール表は、すっかり頭に入っていた。

「ここは、私一人で大丈夫ですよ。もし何か、用事がおありでしたら……」

「いいえ。そんなつもりで言ったんじゃないのよ」

彼女は首を横に振り、口腔外科の欄を指でなぞって探した。

彼女の恋人は呼吸器内科の助教授だった。今頃は患者の気管支に、ファイバースコープを差し込んでいるはずだ。

私はまた一枚白衣を広げ、逆さまにして振った。何かが床に落ちて転がり、ワゴンの脚にぶつかった。プラムの実だった。干涸びた睾丸に似ていた。

なぜこんなものが白衣のポケットに入っているのだろうと、私はいちいち理由など考えなくなっていた。これまでにもさまざまな品物が、ポケットからこぼれ落ちてきた。ヒヤシンスの球根、丸まったキャミソール、ワインのコルク、聖書、ナスのへた、コンドーム、付けまつげ。

それらはみな、不意に外の世界へ投げ出され、はにかむように、怯えるように、第一会議室の床にうずくまった。

「きのうの夜、会いに来てくれるはずだったのに、彼、約束を破ったの」

彼女は言った。

「急に患者さんの具合でも悪くなったんでしょう。よくあることじゃないですか」

私はプラムを拾い、ごみ箱へ捨てた。

「離婚の話のかたをつけに、奥さんの実家へ行ったの。その結果を知らせるって約束だったのに」

助教授の奥さんは出産のため、ここ一ヵ月ほど実家に帰っていた。三人目の子供で、初めての女の子だった。全部、彼女が教えてくれた。

「彼、また言い訳をしたわ。雪で汽車が動かなかったって言うの。あっちにもたどり着けず、私の所にも戻ってこれず、ずっと汽車に閉じ込められてたんだ、って。そんなこと信じられる？　もう桜が咲いてるのよ。なのにどうして雪なんか降るの」

「嘘じゃありませんよ、きっと。春の気候は不安定なんです。急に雪が降り出したって、おかしくありません。気象庁に電話して、聞いてみたらいいですよ。もし嘘をつくんなら、患者さんのせいにします。その方がずっと真実味があるし、手っ取り早いじゃありませんか」

私は彼女を慰めようとしたが、うまくいかなかった。

大学病院の秘書室に就職した時、彼女とコンビを組むように言われて私はほっとした。彼女は品格と教養を併せ持ち、物腰が穏やかで、仕事に対しては情熱を持っていた。そのうえ、いつまで眺めていても飽きないほどきれいだった。この人となら、うまくやれそうな気がした。

仕事中、その美しさはますます際立った。和文タイプの活字を探す瞳は澄んでいたし、電話を掛ける時髪の中からあらわれる耳は、完全な輪郭をもっていた。カンファレンスの資料をコピーする時でさえ、指は一番優雅に見える姿を察知し、コピー機の上を無駄なく動いた。けれど私が最も心を引かれたのは、エアメールに封をする舌だった。それはほんの一瞬だけ唇の間から姿をのぞかせ、薄水色の封筒の縁をなめた。赤く、潤んでいた。

だからエアメールのタイプ打ちは、できるだけ彼女のところへ回るよう、あれこれ細工をした。急ぎの仕事で手がふさがっている振りをしたり、タイプライターが急に壊れた振りをしたり。けれどたいてい、思い通りにはならなかった。

「私、一度でいいから、気管支鏡をのぞいてみたいと思うんです。生きた人間の身体の中をのぞくなんて、わくわくするじゃありませんか」

話題を変えようとして、私は言った。彼女はあいまいにうなずいただけだった。

血で汚れた白衣が出てきた。黒ずんで粘り気のある血だった。吐血だろうか。肺からだろうか。この患者はどれくらい苦しんだだろうか。そんなことを考えながら、私はそれをワゴンへ移した。

「子供の頃、気管支鏡を挿入されたことはあるんです。全然覚えていませんけれど。ピーナッツが詰まって、ほとんど死ぬところだったんです」

私は続けた。

「ピーナッツが粘液でふやけちゃって、気管をすっぽりふさいだんです。たかが一粒のピーナッツで、死ぬこともあるんですね。人間なんて脆い生き物です」

彼女は黙ったままだった。仕方なく私は白衣の読み上げ作業に戻った。窓のない会議室は空気が濁り、薬品と腐敗臭の混ざり合ったにおいが立ちこめていた。

彼女は内視鏡センターにも入ったことがあるはずだ。機能訓練室や、滅菌材料室や、動物実験棟や、ダスト室や、彼らは病院のいたるところで逢引きしている。もしかしたら助教授は、彼女の気管支をもうのぞいたかもしれない。

やはりそこは、外側と同じように魅力的なのだろうか。粘膜は鮮やかな赤みを帯び、うっとりするほど温かい。皺や突起や窪みが、複雑な空間を作り出している。よく躾けられた召使のように、繊毛がいっせいになびきだし、もっと奥の暗闇へ、暗闇へと誘っている。助教授は更に深く、ファイバースコープを差し込んでゆく。

彼女の仕事のやり方は、ゆるぎなく完成されたある形を持っていた。なにものをもってしても、それを崩すことはできなかった。

原稿は二十枚以内なら小型クリップで、二十一枚を超えたらバインダークリップで留める。会議中に出すコーヒーにはスティックの砂糖を、来客用のコーヒーには角砂糖を添える。封筒の宛名書きにはボールペンを使う。手術の予定表は一・五倍に拡大コピーし、黒板の左上と、キャビネットの側板と、休憩室の扉に張る。頂き物のお菓子は、戸棚の向かって右側、真ん中の段にしまう。

十九枚でバインダークリップになってもいけないし、二倍の拡大でもいけないし、もちろん、一番上の段でも許されない。それが彼女にとっての、正しいことなのだ。

秘書室に入って間もない頃だった。神経内科の教授から、学会用のスライド原稿が大量に持ち込まれた。複雑な棒グラフが三十枚以上あった。締切は二日後だった。私と彼女は手分けしてグラフを清書し、数値やアルファベットをタイプしていった。

「グラフにカラーシールの508番を貼ってちょうだい。神経内科は学会ではいつもその色を使うから」

彼女はそう言った。508番はくすんだグレーだった。私は言われた通りにした。

出来上がった原稿を一目見て、教授はそれを机に放り投げた。何枚かが、床に散らばった。

「これじゃあ駄目だ。この色はスライドに映らないじゃないか」

「申し訳ございません」

私よりも先に彼女が口を開いた。人に謝る時の、彼女の口のきき方は、なんて洗練されているのだろう、と私は思った。卑屈にならず、落ち着きがあって、そのうえ心がこもっている。こんなふうに謝られたら、誰だって許さずにはいられない。

「学会用には608番を使うよう、ご指示いただいておりましたのに、私のチェックミスでした。新人に初めてカラーシールを使わせたものですから。最後に私がきちんと確認すべきでした。この子、色弱なんです。本当に申し訳ございません。今日中にすべてやり直しいたします」

教授は納得して秘書室を出ていった。

シキジャク？　その意味がしばらく理解できなかった。それだけが特別愛らしい響きの言葉に聞こえた。結局私は、一言も喋らなかった。

確かに508番と言った。私の記憶に間違いはない。彼女のマンションの部屋番号と同じだったからだ。私が彼女の住所を間違えるはずがない。

それに彼女は仕事中何度もグラフをチェックしたし、提出前には三回見直していた。けれどカラーシールについては、何も言わなかった。

608番は鮮やかなブルーだった。グレーとは少しも似ていない色だった。

床に散らばった原稿を、私は拾い集めた。一人で直すよう、彼女は命じた。威厳のある命令だった。

「過ちを犯した人間の責任です」

そう言った。

真夜中過ぎまでかかって、私は全部のグラフを作り直した。しまいにはブルーの底無し沼に身体が飲み込まれてゆくようで、めまいがしてきた。

次の朝、彼女はそれを自分一人の作品として提出した。教授はかえって恐縮し、食事への招待を申し出た。招かれたのは彼女だけだった。

いつでも彼女は正しい。決して間違わない。その真理を守るためなら、私は色弱にでもなる。

「離婚の話を切り出そうとした矢先、よりにもよって、あの人妊娠したのよ」

白衣を振るたび、埃が舞い上がった。今度は食堂の食券が落ちてきた。スパゲッティーのミートソースが一枚と、クリームソーダが一枚だった。

「おかしいと思わない？　あの女が仕組んだに違いないわ。きっと何か悪い企みをしたのよ」

名簿を見つめながら、彼女は喋り続けた。私の返事など、求めていないようだった。あんなにも完全に仕事をやり遂げることができるというのに、助教授との話になると、途端にまとまりがなくなる。

「『離婚のこと、どうなりましたか？』って私が言い出すたび、彼おどおどするの。普段は自信家のあの人がね。そして言い訳をはじめるの。どれもこれも、実によく練られた言い訳よ。上の子が小学校受験で神経質になっているから。切迫早産で入院したから。研究室が大事な実験中でそれに専念したいから。教授選が近いから。妊娠中毒症を併発して母子ともに危険だから。雪が降ったから。……いくらでも出てくるのよ。都合のいい事情が、次から次から際限なくね」

言葉が途切れるのを見計らって、私は白衣を読み上げた。彼女は正確に名簿にチェックを入れた。

白衣はどれもぐったりしていた。皺だらけで湿っぽく、擦り切れていた。血液だけではない。胃液、腹水、唾液、尿、涙。あらゆる液体で汚れている。それらはみな独特の色を持ち、においを発する。身体の中はどうしてこんなにもたくさんの不潔な液体で、満たされているのだろう。

「嘘をつきだすと、きりがないんです」

私は言った。それは彼女の方がよく知っているはずだった。彼女は助教授なんかより、ずっと上質の嘘をつくことができる。

「ゆうべ、やっと彼が来てくれたのが、十時過ぎよ。ぐったり疲れてたわ。なにせ五時間も汽車に閉じ込められてたって言うんだから。でも本当に疲れたのは私の方なのよ。じっと身じろぎもせず、どんなささいな音にも耳を澄ませて、ただ待つだけなの。朝から支度したせっかくの料理は冷めてしまう。外はどんどん暗くなる。お化粧は崩れてゆく。もうこれ以上我慢できない、ぎりぎりのところまで私は待ったの。これ以上待ったら、気が狂ってしまうところまでね」

彼女は髪の中に指を滑り込ませ、まつげを伏せた。ボールペンが机の上を転がった。首筋は白く、肩はほっそりとし、目元にはまつげの影が映っていた。

「こんなふうに言ったのよ、あの人。『汽車の中でずっと考えていたんだ。何か目に見えない力が、僕を引き止めているんだってね。今はまだその時期じゃないんだ。だから雪なんか降るんだ。もう少し待ってほしい。お願いだから、もう少しだけ……』で、そのあとはいつもの通りよ。抱き合うの。私たちにはそれしか残っていないの」

彼女が裸にされる。髪や皮膚や粘膜の上を、助教授の指が這う。そんなことはとても信じられない。秘書室にいる彼女が一番美しいのだ。エアメールに封をする姿だけが、すべてなのだ。

「消化器内科、長白衣三枚。眼科、短白衣一枚。脳外科、長白衣一枚。小児科、短白衣四枚」

私はピッチを上げて読み上げた。けれど彼女はもう、名簿を探そうとはしなかった。ボールペンは机の隅に転がったままだった。

「どうして？　なぜそんな残酷なことが平気で言えるの？　私はもう待てなかったの。たとえ一日でも、一分でも、一瞬でも」

私は自分で名簿に印をつけた。彼女のつけた印にできるだけ似せようと、丁寧に丁寧に書いた。

「だからやったのよ」

冷静な口調だった。

「だから殺したの」

えっ、と聞き返そうとして、私は言葉を飲み込んだ。

それなら上手に思い浮かべることができる。彼女の握るナイフは、光るほどに磨き込まれている。刃に反射する光は、彼女の指をより優雅に見せるのに役立っている。

老いの兆しが見える助教授のたるんだ喉に、それは何度も突き刺さる。皮膚が破れる。血が吹き飛ぶ。消化液が流れ出る。なのに彼女は少しも汚れない。

私はまた一枚、白衣を広げた。

「呼吸器内科、長白衣一枚」

助教授の白衣だった。私はそれを振った。ポケットから舌が出てきた。言い訳ばかりする舌だ。それから唇と扁桃腺と声帯が、続けて落ちてきた。まだ十分に柔らかく、温もりが残っていた。

心臓の仮縫い

「呼吸器内科のY先生。呼吸器内科のY先生。至急医局までご連絡下さい」

さっきから五分おきに、同じ院内放送が何度も繰り返されていた。Y先生って誰なんだろう。私は病院の案内図の前に立ち、複雑に入り組んだ地図を眺めた。中央病歴室、衝撃波療法室、ICU、カンファレンス室、内視鏡センター……。見慣れない言葉ばかりが並んでいた。

「Y先生って、誰なんです?」

「呼吸器内科の助教授です」

「どうかなさったんですか」

「今朝から姿が見えないものですから、探しているんです」

インフォメーションの女性は面倒そうに答えた。どうしてこんなことを聞いてしまったのか、私は後悔した。このお嬢さんをうんざりさせてしまったかもしれない。

「あの……、心臓外科の病棟は、どちらでしょう」

速くなる鼓動を抑えるために、一言一言ゆっくりと喋った。ようやく本当に尋ねたいことを口にすることができた。

「あちらのエレベーターで六階へどうぞ」

お嬢さんは人だかりのできている、新患受付のカウンターの向こう側を指差した。人差し指のマニキュアがはげかけていた。

私は鞄職人です。駅の裏通りに店を構えて二十四年になります。

間口の狭い、八坪ほどの店ですが、ちゃんとウィンドーもあります。テーブルセットと姿見と、材料の収納棚と、もちろんカーテンの奥には作業場もあります。ウィンドーにはパーティー用の小型バッグ、オーストリッチのハンドバッグ、スーツケースなどが飾られています。マネキンが気取った手つきでハンドバッグを提げています。もう何年も模様替えをしていないので、マネキンの顔の窪みにはうっすら埃がたまっています。

店の二階が住まいです。ダイニングキッチンと居間兼寝室の二部屋だけしかありません。でも、日当たりはいいんです。天気のいい冬の午後など、うっかりするとハムスターの籠に日光が直接当たっていて、慌てることがあります。そんな時は、籠を洗面台の下に移動させなくてはいけません。ハムスターは直射日光にとても弱いのです。

仕事が終わって夜部屋へ戻ると、作業服を脱ぎ、シャワーを浴び、食事を済ませます。あっという間に終わってしまいます。長年一人暮らしを続けていると、生活がどんどん簡潔になってゆきます。もうずいぶん、人のために浴槽を磨いたり、バスタオルを取り替えたり、チーズを切ったり、ドレッシングを振ったり、……そういうことをしていません。何をするのも全部自分一人のためです。このちっぽけな自分の世話なんて、ささやかな営みにすぎません。

それに比べて鞄は何と豊穣な世界を抱えているのでしょう。いくら眺めても、撫で回しても、飽きるということがありません。まして私はそれを作っているのです。全体の姿を思い浮かべ、金具の光り具合からステッチの数にいたるまで、あらゆる部分をスケッチし、型紙におこします。そして素材を裁断し、つなぎ合わせてゆくのです。

私の手の中で、鞄が次第に姿をあらわしてくる、その瞬間の胸の高鳴りといったら……。まるで、全宇宙の法則を残らず手にしてしまったかのような気分です。

鞄なんてただの入れ物じゃないか、とあなたは言うかもしれません。それは仕方ないでしょう。鞄はそれ自体、何の望みも持っていないのですから。もっと重大な役割を果たせるのにとか、もっと愛されたいとか、そんな望みをです。彼らは（もしかしたら彼女らはでしょうか）ただ、あらゆる品物を抱え込み、人の手に身体を委ねるだけです。ひたすら慎み深く、忍耐強く。

さて、食事を済ませた私は、中国茶の入ったカップだけを持ち、窓辺のソファーに腰掛けます。部屋の明かりを落とし、時折お茶を口に運びながら、下の通りを眺めます。

月が出ていると最高です。さびれた通りですから、街灯は薄ぼんやりしているのですが、だからこそ月の光が映えるのです。私の経験から言って、どんな種類であれ、鞄は月明かりの下で見るのが一番魅惑的です。

残業帰りの勤め人、水商売の女、酔っ払い、カップル、さまざまな人々が歩いていきます。そして彼らはみな、彼らの人生にふさわしい鞄を提げています。あるものは中の重みで形が歪み、把手には垢が染み込み、どこかで引っ掻いたらしい傷跡が二本ついています。またあるものは、持ち主の丸顔を更に強調するような曲線の輪郭を持ち、雨にでも濡れたのか革が傷み、所々色落ちしています。

月の光は実に細かい表情を映し出してくれます。彼らが店の前を通り過ぎるほんの短い間に、私はそれらを心行くまで味わうことができます。

私の足元ではハムスターが回し車で遊んでいます。ハムスターは夜行性なので、彼のためにもこうして電気を消し、月明かりだけを部屋へ入れるのは好都合なのです。彼は鳴きません。時々声とも言えない「ちゅん」という微かな音を出し、くしゃみをするだけです。決して静けさを乱しません。

ショルダーバッグを提げた女が来ました。無意識に腰を振った拍子に、正面の金具が見えました。紐がねじれ、薄っぺらなブラウスに食い込みました。今度はボストンタイプのバッグを持った女です。なぜかとても強く把手を握っています。よほど大事な物を入れているのでしょう。まるで革が皮膚を溶かし、指の肉に埋まってしまったかのようです。太ももが触れるたび、バッグは揺れます。でもそのうち、太ももにも革が張りついてしまうのではないかという気がしてなりません。

私はお茶をすすりました。ハムスターがひまわりの種を頬袋にためています。昼間、針や目打ちを握り締めた手が、じんじんと痛みます。

注文さえあれば、私はどんな鞄でもお作りします。何を入れるための鞄でもです。義足、おまる、ライフル銃、生卵、入歯。何であれお客さまの希望する形を、完璧に実現してみせます。

けれど、あの女の注文には正直たじろぎました。これまで私が一度も受けたことがない種類の、そしてこれから先も決して持ち込まれることはないだろうと思われる注文だったのです。

「心臓を入れる鞄を作っていただきたいの」

女は言いました。

「えっ」

と思わず私は声を上げました。聞き間違いをしたのだろうかと、自分に問い直しました。こちらの戸惑いを悟られないよう、意味もなく咳払いをし、とにかく椅子を勧めました。女はコートを脱ぎ、それを椅子の背に掛けてから腰を下ろしました。この季節にはふさわしくないほど分厚く、明らかに彼女の身体には大きすぎるコートでした。

動きは優雅でした。でも生まれついての品というのは感じられず、あくまで男に魅力を振りまくための優雅さでした。

「心臓……と言いますと……」

慎重に私は口を開きました。

「ここはどんな鞄でも作ってくれるって、聞いたんだけど」

女はサングラスを外し、長く伸ばした爪でテーブルを叩きました。

「ええ、もちろんでございます」

私は混乱を静めるため、わざと時間をかけてスケッチブックを広げました。

「心臓を入れるための鞄でございますね」

「ええ、そう」

印象的な声でした。一瞬鼓膜を凍らせるような、冷やかさを秘めた声でした。

女は細身で背が高く、撫で肩でした。これではショルダーバッグは向かないと思いました。髪は肩胛骨が隠れるくらい長く伸ばし、ゆるやかにカールさせていました。物怖じしない態度に似合わず、切れ長の目はテーブルに落としたままで、私の方へ向けようとはしませんでした。

戸惑いはなかなか消えませんでした。心臓という言葉の他にも、こちらの神経をあやうくする何かが女にはありました。

最初は鞄のせいかと思いました。女が膝の上に載せているのは、ワニ革のセカンドバッグでした。高級品でしたが、すっかり型崩れし、革に合わないクリーナーを使ったようで、光沢が失われていました。ただ乱暴な扱いを受けたというだけでなく、持ち主の疲労がそこに全部あらわれているような雰囲気でした。声の美しさには不釣り合いの、あまり感心しない品でした。

ここへ鞄を注文に来る客も、やはり鞄を持ってきます。それを観察すれば、客についてたいていのことは把握できるのです。

「よかったわ。もう何軒も断られたの」

案外素直に女は言いました。額に掛かった髪を掻き上げ、視線を動かし、棚に並んだ革の見本を見ました。

その時気づきました。彼女の左胸が不自然に隆起していたのです。

乳房ではありません。乳房のふくらみとは別に、大きな腫瘍が宿ったように、左の鎖骨の下から脇にかけて盛り上がっていました。右側は正常でした。そのために身体のバランスが妙な具合になっていたのです。それが女の心臓でした。

「これまで考えつくかぎりのもので試してみたの」

女は言いました。

「絹、綿、ナイロン、ビニール、麦藁、和紙、プラスティック……。でも全部うまくいかなかった。一番の問題は保温なの。冷えると命取りだから。次は分泌物ね。絹や綿や和紙みたいに、表面から出る分泌物を全部吸い取ってしまうと、すぐ干涸びるし、ビニールだとべたっとくっついて、息苦しくなるの」

女は生れつき、心臓が外へ飛び出していたのです。しかしそう説明されても、その様子をうまく想像することはできませんでした。とにかく、本当なら当然身体の中にあるべき心臓が、皮膚の外側にくっついていると言うのです。

辛いなことに働きは正常なのですが、何も保護するものがないむき出しの心臓です。不用意にぶつけたり、外気にさらしたりはできません。そのために、人間の脂肪や肋骨や皮膚の代わりになるプロテクターが必要になるわけです。

厳密に言えばこれは鞄とは言えないかもしれません。少なくとも、私がこれまで作ってきた鞄とはすべてが異なるものになるでしょう。しかしよく考えてみれば、ある物を収め、持ち主に寄り添うという鞄の定義からは、どこも外れてはいないのです。

「それでは、海豹《あざらし》の革がうってつけかと思います」

私は棚から見本を取り出しました。

「保温と保湿にすぐれ、柔らかく、そのうえ丈夫です。海豹は寒い海の動物ですから。お手入れも簡単です。水洗いしていただいても結構です」

「心臓を入れるにはぴったりね」

女は革を手に取り、撫でたり、裏返したり、よじったりしました。

「形はちょっと、複雑になると思うの。片方だけのブラジャーみたいなものね。でも下着よりは頑丈でなくちゃ困るし、かと言ってそれ自体が粘膜を傷つけるようでも困るの。分かってもらえるかしら」

「はい、もちろん。何なりとご希望をおっしゃって下さい」

私は適当にスケッチブックに線を引きました。頭の中に浮かぶイメージは何もありませんでしたが、彼女の信用を失いたくなかったのです。

「心臓をすっぽり包むくらいの大きさは必要だけど、大きすぎるのは駄目。ぶかぶかすると、こすれて粘膜が傷むでしょ。小さすぎちゃうと血の巡りが悪くなるからもっとよくないし。要するに調和の問題なの」

「ええ、その通りでございます。どんな鞄であれ、私が一番重要視するのも調和です」

「よかったわ、意見が合って」

初めて女は微笑みました。足を組み、サングラスのつるを開いたり閉じたりしました。そうやって身体のどこかを動かすたび、胸の隆起も震えました。おとなしい子猫がそこでうずくまっているかのようでした。それをかばうように、彼女はあまり左腕を動かしませんでした。分厚すぎるコートを着ているのは、心臓を守るためなのだと分かりました。

「難しいのは静脈と動脈を通すための穴が必要だってこと。ただの単純な袋ではないの。ちゃんと位置を合わせるためには、仮縫いが必要でしょうね。後はベルトみたいなものを通して、首でぶら下げればいいんじゃないかしら」

ということはつまり、その心臓を直接見なければならないのだろうか、と私は思いました。その予感は少なからず私を動揺させました。生きた内臓など、一度も目にしたことはありません。けれど単に気味が悪いとか、怖いというのではありません。どことなく甘い香りがしてくるような、掌がしっとりしてくるような気分に陥ったのです。

　女はためらわず、ブラウスを脱ぎ、下着を外しました。私などその場にいないかのように振る舞いました。私は貴婦人に仕える下僕でした。

　いつもの作業場ではなく、二階の居間へ女を通しました。カーテンを引き、ハムスターの籠を洗面台の下へ運びました。ハムスターはいい子に寝ていました。

　まず私を驚かせたのは、それが動いていることでした。話を聞いている間、ただじっとくっついているだけの物体を思い浮かべていたからです。

　しかし心臓は、規則正しく、ひとときも休むことなく、「キュルッ、キュルッ」という感じで収縮していました。私に姿を見られ、怯えているようでした。

　血管を流れてゆく血の様子もよく見えました。なぜか赤くないのです。透明なのです。それが細い管を通って、身体の奥へ消えてゆきます。

　左の乳房はこの特異な奇形のせいで、右側よりも垂れ下がり、いびつに窪んでいましたが、肌は若い女性特有のきめの細かさと弾力を持ち、乳首は整った形をしていました。目の前で女の裸の胸があらわになっているというのに、乳房に対して私は何の欲情もそそられませんでした。ふくらみに指先を埋めたいとか、乳首を唇に含みたいとか、一切思いませんでした。

　その代わり、それと同じことを、心臓にしたいと願ったのです。

　全体を覆う、薄ピンクに染まった膜。生温かい湿り気。掌におさまるほどの小ささ。完璧なバランスを保つ輪郭。しなやかな筋肉。……何という美しさでしょう。息ができないくらいです。

その膜を両手で覆ったら、しっとり濡れるでしょう。ほんの少しでも力を入れれば、膜は破れてしまうかもしれません。そうしたら私は筋肉を撫でるのです。私の手の中でそれは収縮します。私の愛撫に身をよじります。指先はどんな小さな溝も曲線も突起も見逃しません。それらを全部味わい尽くします。血管をなぞるのは唇です。柔らかい粘膜には、柔らかい粘膜が似合います。血液の流れが、唇にも伝わってきます。あとわずか唇を狭めれば、血管を嚙み切ることになるでしょう。その瞬間の感触に浸りたい。私は自分の欲望を抑えるために、もっときつく心臓を閉じ込めるのです。

「先に手を消毒してまいります」

声が震えないよう、用心して私は言いました。

「お願いするわ」

無表情に女は答えました。

足音にびくっとしてハムスターが目を覚ましましたが、一つ欠伸をして、すぐにまた丸くなりました。

私は念入りに手を洗いました。よくテレビで外科医がやっているように、爪の間から指の付け根、手首、肘に至るまで、石けんを泡立て、ブラシでこすりました。神聖な儀式の準備を行なっている気分でした。

いったい、どこから何を始めたらいいのだろう。私は立ちすくみました。目の前に心臓がありました。女は両手を下げ、背筋を真っすぐに伸ばしていました。裸になると余計撫で肩が目立ちました。もしかしたらこれも、心臓の部分が空洞になって、肋骨がしぼんでしまったせいかもしれません。

右の肩先にはほくろがありました。鎖骨はくっきりと浮き上がっていました。どこにも無駄な脂肪はついていませんでした。本当は心臓だけをずっと眺めていたいのに、あまりにもその願いが強すぎて、かえって視線を向けられないのです。

まず私はもっと心臓に近づけるよう、片膝をつきました。女の前で突然自分が小さくなってしまった気がしました。それからメジャーを引っ張り、心臓のサイズを計りました。最大横幅、最小横幅、縦の長さ、厚み、動脈と静脈の直径、血管同士の間隔。複雑な形だけに、計っておきたい場所がいくらでもありました。できるだけそれに触れないよう、慎重に、指先にだけ神経を集中させて作業しました。もしメジャーが触れたら、ぴたっとくっついたきり剥がれなくなるんじゃないか、バイキンがうつって動きが弱まるんじゃないか、と不安でした。

「もっと思いきり触ったって平気よ。心臓の筋肉はね、案外丈夫なの」

女は言いました。

女は今、私がどんなふうに感じているか、察知しているのでしょうか。心臓を他人に見せるなんて、そうしょっちゅうあることではないはずです。なのに彼女は少しもおどおどしたところがありませんでした。警戒心も羞恥心もないようでした。

それにひきかえ心臓は、相変わらず怯えていました。血液を送り出すたび、血管は震えました。近くで見ると、表面に浮き出る筋肉の模様を、目でなぞることができました。それは神秘的な暗号でした。

ふっと油断したすきに、指先が触ってしまいました。ほんの一瞬の出来事です。なんて温かいのだろう。今までこんなにも温かいものに触れたことはありませんでした。指先からあっという間に流れ込み、身体中を包み、うっとりさせる温かさです。

メジャーが足元に落ちました。

「失礼」

声がかすれているのが分かりました。私はメジャーを拾いました。女は無言で動かないままでした。指先の感触はまだ薄れていませんでした。目を覚ましたのか、ハムスターが水を飲む音が聞こえました。

女はRという名のバーで歌う、歌手でした。一回目の仮縫いのあと、私はこっそりそのバーを訪ねてみました。

店以外の場所で客に会うなんて、初めてのことです。客とは余計な会話をしない。鞄以外のつながりは持たない、というのが私の信念でした。

しかし、言い訳をさせてもらえれば、私は女に会いたかったのではありません。心臓を見たかったのです。外の世界であの心臓がどんな姿をしているのか、どんな扱いを受けているのか、知りたかったのです。

思いのほかバーは広く、落ち着いた雰囲気でした。これなら女に気づかれることなく、心臓を観察できると、私は安堵しました。無造作に配置された丸テーブルは、アルコールとタバコの煙が染みて黒光りし、板張りの床は傷だらけで、あちこちにピーナッツの殻が落ちていました。正面左手にグランドピアノが置かれ、その脇に彼女が立っていました。そこだけオレンジ色のライトが当たっていました。

私は片隅のテーブルに座り、ビールを注文しました。アルコールは飲めないので、本当は飲み物など何でもよかったのです。ウエイターは皿の上に、一握りピーナッツを置いてゆきました。

女は光沢のある滑らかな生地の、紫のロングドレスを着ていました。腰から下は身体の線に沿った細身のラインで、上はスタンドカラーのケープになっていました。ケープにはスパンコールが刺繍され、ライトを浴びて光っていました。

胸の奇形を隠すうまいデザインでした。ふくらんだケープの形と、スパンコールのきらめきのせいで、アンバランスな不自然さはほとんど感じられませんでした。

おおかたテーブルは埋まっていました。みんな静かにお酒を飲んでいました。このうちの何人が、彼女の秘密を知っているのだろう。用心深く私は周りを見渡してみました。女の心臓に視線を送っている人は、誰もいないようでした。

どんなにドレスで誤魔化そうとしても、私の目はあざむけません。左胸のあの場所に張りついている、柔らかい塊が、ケープの上からでも感じ取れます。微妙なラインのずれと、ぎこちない左腕の動きが、隠しようもなくその存在を表しているのです。

初めて出会った時、耳に残った声の通り、彼女の歌もやはり印象深いものでした。題名は何というのでしょう。分かりません。でもたぶん、愛の歌に間違いありません。女の表情や、マイクを握る指の感じや、腰の動きがとても官能的だったからです。本当なら、もっと大きく胸のくれたドレスを着たいはずです。ケープ型ドレスのデザインは、私に修道女を連想させます。

歌が盛り上がってゆきます。女は目を半開きにし、顎を突き出し、肩を揺らします。白い首筋がのぞき、喉が震えます。その震えは鎖骨に響き、心臓に伝わります。心臓が痙攣するのを恐れるように、女は左腕を胸にあてがいます。

歌っている間も、収縮は続いているはずです。それが止むことはないのです。女を正面から強く抱き締めると、どうなるのでしょう。愛し合う恋人同士がやるような、互いの身体のすき間を残らず埋めてしまう抱擁です。骨と骨がぶつかり、息苦しくなり、痛みが走ってもお構いなしに抱き合ったら……。

心臓は潰れるでしょう。哀れな塊は破裂し、粉々になった肉片が胸に飛び散るでしょう。膜は裂け、血管はちぎれ、血が噴き出すのです。痛々しいけれど、美しい想像です。

歌が終わりました。みんなが拍手をしました。つられて私も手を叩きました。女がお辞儀をしました。そんなに深く身体を傾けて大丈夫なのかと心配になるくらい、丁寧なお辞儀でした。すぐにまた、次の歌がはじまりました。

ビールは泡が消え、すっかりぬるくなっていました。私はピーナッツを手に取り、殻を割ろうとしました。でもなぜか、指先に力が入らず、うまくいきませんでした。昼間、仕事に根を詰めすぎたせいでしょうか。それとも、心臓に触れた時の感触を思い出してしまったからでしょうか。手からこぼれたピーナッツが、足元に落ちてゆきました。

初めて鞄に心臓を納めてみる日がきました。よく晴れて暖かい陽気でしたが、女はやはり厚手のコートをはおっていました。

カーテンを閉めても日差しの強さを和らげることはできず、部屋は蒸していました。ハムスターは巣から出て、金網の上に寝そべっていました。暑くなるとハムスターは丸くならずにそうやって眠るのです。

女の胸は汗ばんでいました。湿っているせいで、余計肌が白く見えました。

「どうぞ、痛かったら遠慮なくおっしゃって下さい」

私は言いました。女は黙ってうなずいただけでした。

結果として、鞄は思いもよらない形になりました。複雑な丸みをだすため、革を九枚はぎ合わせなければなりませんでした。左右非対称で、七つの大小の穴が開き、底は楕円形、口にいくほどややすぼまり、蓋はついていません。脇のホックで留めるようになっています。

首の後ろで吊り下げるので、鞄の大きさに比べてベルトが長く、まだ革がよくこなれていないために、下手をすると絡まってしまいそうです。

それは前衛的なオブジェのようです。見慣れない節足動物のようです。未成熟な胎児のようです。

私はホックを外し、鞄で心臓を包もうとしました。手を近づけただけで、体温が伝わってきました。収縮と収縮の間に訪れる、わずかな静寂の時を待って、私はタイミングを計りました。鞄を持つ手が汗でべとべとしていました。めまいさえしてきました。

「早くして」

イライラした声で、女が言いました。

「はい。申し訳ございません」

あわてて私はホックを留めました。とっさのことで、うまくタイミングが合ったのかどうか、よく分かりませんでした。別にそんなこと、関係ないのかもしれません。

「ベルトもお締めいたしましょうか」

「お願い」

女は両手をだらりと下げたきり、鞄を見ようともしませんでした。私は女の髪の中に手を忍び込ませ、首の後ろでベルトを締めました。髪の奥から、汗の匂いが漂ってきました。

私は作業着で掌を拭いながら、数歩後退りしました。一つ、長い息を吐きました。

何とすばらしい調和でしょう。肌の色合と革の光沢、乳房の曲線につながるライン、すき間からのぞく血液の流れ、収縮のたび表面に走る皺。華奢な首に巻き付くベルト。

どれも完璧です。これほどの鞄は、かつて一度も目にしたことがありません。

私は姿見を女の前に立てました。女の脱いだブラウスとスリップがソファーの上に丸まっていました。駅のアナウンスが遠くで響いていました。

「ちょっと、細い方の肺動脈の出口が、上すぎるみたい」

女は腕を動かしたり、肩を上げ下げしたりしながら言いました。

「今からでも直せる？」

「もちろんでございます。これは試作品でございますから」

女がどんな動きをしようと、鞄は柔軟に対応しました。どこにも無理な力は掛かっていませんでした。生まれた時からずっと心臓を守ってきた、番人のように忠実でした。

「とっても軽くていいわ。これなら気にならない。ただ、ホックが脇に当たってうっとうしいわね。どうにかならない？」

「そうしましたら、位置を前の方にずらして、もっと小さなホックにいたしましょう」

「そうして」

女と話している間も、私は自分の鞄に見とれていました。女はまだ信用できないというふうに、ベルトをゆるめてみたり、ジャンプしてみたり、マイクを持つ真似をしたりしていました。

「あれは何？」

女は洗面台の棚に置かれた小さな鞄を指差しました。

「ああ。ハムスターを入れる鞄です」

私はそう答えながら、彼女のカップに新しいお茶を注ぎました。

「ハムスターにも鞄が必要なの？」

女はもうブラウスを着ていました。外されたばかりの心臓用の鞄は、テーブルの真ん中に大事に置かれていました。

「散歩の時、あれにハムスターを入れて一緒に行くんです。おとなしくしていますよ」

「あなたが作ったの？」

「もちろんです」

「へえ……」

物珍しげに女はじろじろと見ていました。

心臓に比べたら、ハムスターの鞄など簡単なものです。ただのポシェットです。ファスナーを閉めた時、窒息しないよう、空気穴をいくつか開けてあるだけです。

「世の中には、いろいろな物を入れる鞄があるのね」

「全く、そのとおりでございます」

私はお茶を一口飲み込みました。カーテンの向こうでは、まだ強い日差しが照りつけているようでした。

心臓の鞄はいよいよ仕上げに入りました。色は淡いクリームで、女の肌色とよくなじむようにしました。裁断も縫合も、一ミリのずれさえ許されません。一日中、作業台に張りつく毎日が続きました。

店には〝しばらく休業〟の札をぶら下げました。これが完成するまでは、他の余計な鞄と関わりたくなかったのです。お得意さんが化粧ボックスの修理を依頼してきたのに、断ってしまいました。五年前に作った自信作でした。

「今、体調を崩しまして、ふせっているんです」

自分でも驚くほど、すらすらと嘘がつけました。

どんなに緊張しても、どんなに心臓の美しさに心が震えても、手元が狂うことはありません。職人としての私の腕は確かなのです。誰も作りえない鞄を、作ることができるのですから。

ハムスターが死にました。このところ急に暑くなったからでしょうか。仕事に熱中しすぎて、あまりかまってやらなかったせいかもしれません。でもちゃんと新鮮な野菜を与えていましたし、一日おきに籠も消毒していました。なのに、死んでしまったのです。三年と八ヵ月、一緒に暮らしました。

私は彼を専用のポシェットへ入れました。抱き上げると、掌にぐったりと横たわります。

口は半開きで前歯がのぞき、黒い瞳はどこか遠くを見つめているようです。毛並みはまだ滑らかなのに、触ってもただよそよそしく、冷たいだけです。

どこへ捨てたらいいのか、私は途方に暮れました。あてもなく町を歩きました。川べりの遊歩道や、公園や、溜池の周りを歩きましたが、適当な場所が見つかりませんでした。時々ポシェットのファスナーを開けてみましたが、やはりハムスターは死んだままでした。生き返ってなどいませんでした。

歩き疲れてハンバーガーショップへ入りました。本当はそんなもの食べたくなかったのですが、あれこれ考えるのが面倒だったのです。

ハンバーガーもフライドポテトも、半分以上残してしまいました。コーヒーはまずくてたまりませんでしたが、無理をして飲み干しました。

ごみ箱へ残飯を捨てる時、一緒にハムスターを捨てました。素早くポシェットから取り出し、トレーで隠しながら放り込みました。うまくいきました。誰にも気づかれなかったと思います。

今頃私のハムスターは、ケチャップにまみれているでしょう。

「どういうことでしょうか」

思わず私は問いただしました。

「だからもう、鞄はいらなくなったの」

女はセカンドバッグからタバコを取り出し、火をつけました。

「と言われましても、あと一日か二日で完成いたしますが……」

「ええ、もちろん、ここまできて注文を取り消すなんて、非常識だと思うわ。あなたが腹を立てるのも無理ないわ。でもね、急に決まったことなの。自分でも驚いてるくらいなんだから」

女は長く煙を吐き出しました。私はその行き先を目で追う以外、他に何もすべきことが思い浮かびませんでした。

「以前から手術の話はあったのよ。心臓を元に戻す手術。でも失敗の可能性もあるって言われてたから、ずっと踏み切れないでいたの。ところがね、今度から新しく通いはじめた病院にすばらしい心臓外科の先生がいてね、最新の機械を使えば問題ないって言われたわ。よく分からないけど、とにかく何かいい機械が発明されたのよ」

私にとってはそんなことはどうでもいい話でした。大事なのは、心臓を入れる鞄でした。ただそれだけでした。

「来週入院して、さっそく手術することにしたの。ようやくこのうっとうしい心臓を、見なくてもすむようになるっていうわけ」

女はちらっと自分の左胸に視線を落としました。さげすむような目でした。

「とてもすばらしい鞄なんですよ。どうぞ、手に取ってご覧になって下さい。肺動脈の穴の位置も直しました。ホックも小さいのと取り替えました。きっとご満足していただけるはずです」

私は女の前に鞄を広げて見せました。

「あともう少し、ここのところを強く縫い合わせて、ベルトの位置を調節して、全体のバランスを整えて、それで完成なんです」

「料金はきちんと払わせていただくわ。だけど、鞄は必要ないの。用なしなの。中に入れるべき物がなくなっちゃうんだから」

「この絶妙な美しさをご覧下さい。これほど繊細な鞄はどこを探したって他にございません。肌ざわり、保温、保湿、通気性、材質、仕立て、何を取っても文句なしです。完璧です」

「しつこいわよ」

女は立ち上がり、鞄を払いのけました。それは死んだハムスターのように、ぐったりと床に張りつきました。

「呼吸器内科のY先生。呼吸器内科のY先生。至急医局までご連絡下さい」

またあの放送だ。いったいそいつはどこへ行ってしまったんだ。

インフォメーションで教えられたとおり、私はエレベーターに乗って六階のボタンを押した。

エレベーターは混んでいた。医者もいた。看護婦もいた。黄色い点滴をぶら下げた患者もいた。みんな黙っていた。

女の病室はすぐ分かるはずだ。見舞いに来た振りをすればいい。それがおかしければ、料金の請求に来たと言うんだ。こっちにはその権利があるのだから、びくびくすることはない。いくらでも口実は見つかる。

「おとといはどうも失礼しました」

まず最初に謝罪する。女を信用させるため、できるだけ丁寧に、心を込めて。

そして言うのだ。

「今回のご依頼は、私にとって大変貴重な体験となりました。これからもう二度と、こんな鞄を作る機会はないでしょう。あなた様が手術なさることを、私も喜ばしく思っております。ただ、最後に一度だけ、完成した自分の作品が、心臓を納めている姿を見たいのです。ぶしつけなお願いを、どうぞお許し下さい。決してご迷惑はおかけしません。職人として、完成品を見届けられないほど残酷なことはありません。お願いでございます。一度だけ、一度だけでいいんです」

女は寝巻を脱ぐ。私は心臓を優しく鞄で包んでやる。鞄の中で息づく心臓を、目に焼き付ける。

「もういいでしょ」

女が促す。

「ありがとうございました」

私は鞄を外す振りをしながら、ポケットに用意した革の裁断用のハサミで、心臓を切り取る。

これで私は、心臓を自分だけのものにすることができる。

左のポケットには鞄が入っている。うまく折り畳んだつもりだったが、少しズボンがふくらんでしまっている。でも鞄はお利口にじっとしている。右のポケットのハサミは、さっきから私の太ももをチクチク刺している。

エレベーターのチャイムが鳴った。六階のランプが点滅していた。扉が開いた。

拷問博物館へようこそ

人がたくさん死んだ一日だった。どこか北の方の町で、観光バスが崖から転落し、一・十七人が死亡、六人が意識不明の重体。借金を苦にした一家三人がプロパンガスで無理心中。爆発して隣家の六人が巻き添えになる。八十六歳のおじいさんはトラックにひき逃げされ、保育園児は用水路に落ち、漁船は転覆し、登山客は雪崩に飲み込まれる。中国では洪水、ネパールでは飛行機墜落、ニジェールでは新興宗教の集団自殺。

人間だけじゃない。ハムスターも死ぬ。今朝、ハンバーガーショップのごみ箱に捨てられたハムスターの死骸を見た。コーヒーを飲みながら、ふとそこへ目がいった。中身が一杯になって、蓋が半開きになったごみ箱だ。ごく当たり前の風景のはずなのに、何かがどうしようもなく私を引き止めた。そしてすぐに気づいた。

それはくしゃくしゃに丸まった包装紙と、潰れた紙コップの間に引っ掛かっていた。焦茶色の背中に白い模様が浮かび、しっぽがツンと上を向いていた。短い手足はまだ血が通っているかのような、かわいい薄桃色をしていた。微かに動いているようでさえあった。真っ黒の瞳がこちらを見つめていた。

私は蓋を全部開けた。ケチャップとピクルスとコーヒーの混ざり合った匂いがした。動いているように見えたのは、蛆虫だった。蛆虫が何匹も何匹も、ハムスターの柔らかいお腹に潜り込もうとしていた。

どうしてみんなこんなにも不意に死んでしまうのだろう。昨日までは確かに、生きていたはずなのに。

私が住んでいるマンションの真上の部屋で、男が殺された。大学病院の助教授らしい。ナイフでのどを十数回刺され、失血死した。もう少しで首がちぎれるところだった。

「見覚えありますか?」

刑事が胸ポケットから写真を取り出そうとした時、思わず私は後退りした。切断された血だらけの顔の写真など見たら、せっかくの晩ご飯が食べられなくなると思ったからだ。私はちょうどミネストローネに、潰したトマトを入れて煮込んでいる最中だった。

「大丈夫ですよ」

いたわるような口調で、刑事は言った。写真は研究室かどこかで撮ったらしい、普通のスナップだった。血で汚れてもいなかったし、首もちゃんとつながっていた。

「いいえ、見たことありません」

よく確かめてから、私は答えた。

「上の508号室に住んでいる女性について、何かご存じですか」

刑事は均整のとれた身体つきで、とても若々しく、緊張していた。ついさっきまで死体を目の前にし、それに触れたり、匂いをかいだりしていたせいだろうか。まるで自分が殺してきたかのように、おどおどしていた。ずっとうつむき加減で、メモを取る手はぎこちなかった。

「いいえ。お付き合いはありませんでした。エレベーターで一緒になった時、挨拶くらいはしましたけど」

「男性の出入りはありましたか」

「さあ、どうでしょう。男の人と一緒だったこともあったと思いますけど、それがこの人かどうかは、よく覚えていません」

私はもう一度写真をのぞき込んだ。男は白衣を着て、胸ポケットに万年筆やハサミやペンライトを突っ込み、首から聴診器をぶら下げていた。無理に微笑もうとして、口元に皺が寄っていた。

「おとといの夜、十一時頃なんですが、不審な物音を聞きませんでしたか」

刑事は一言一言慎重に喋った。慎重になりすぎて時折つっかえた。

「ええ、聞きました」

「どんな？」

初めて刑事は私を真正面から見据えた。私の答えを心から求めているのが分かった。

「重たい家具を動かすような、鈍い音です。部屋の模様替えでもしているのかと思ったんです」

「何時頃です？」

「そろそろ寝ようとして、歯を磨いている時ですから、十一時ちょっと過ぎです」

「どれくらいの時間続きました？」

「ほんの、二回か三回です。一瞬のことです。だから特別変だとも感じませんでした」

「悲鳴とか、言い争う声とかは？」

「いいえ、全然」

刑事は熱心にメモを取った。一言も聞き漏らすまいと、耳を澄ませていた。私の言葉を何より大事なもののように扱った。ついさっき出会ったばかりなのに、彼にとって自分がかけがえのない存在になったような気分だった。

「ところで、昨日、大学病院で入院患者が刺し殺されまして、こちらの事件との関連性を調べているんですが、心当たりはございませんか」

二枚めの写真に写っているのは、三十くらいの女性だった。バーの歌手という話だった。痩せて顎がとがり、不機嫌そうに長い髪をいじっていた。ヘアマニキュアが落ちかけて、毛先が傷んでいる。美容師だからすぐに分かった。

「ハサミで左の胸をえぐられたんです」

「まあ、ひどい。この人は喉で、この人は胸なんですね」

「はい」

台所でミネストローネのぐつぐついう音が聞こえた。エプロンにトマトの汁が飛び散っていた。

「さあ、見たことない顔ですねえ……」

「そうですか……」

残念そうに刑事はつぶやいた。彼をがっかりさせてしまったのではないかと、心配だった。

「どんなささいなことでもいいんです。何か気づいたことがあれば、教えていただけませんか」

どうにかして彼の役に立ちたいと思った。彼をとりこにするような言葉を発したかった。けれど、いくら考えても、何も浮かんでこなかった。

「何か思い出されたら、いつでもお電話下さい。よろしくお願いします」

刑事は礼儀正しく頭を下げた。

「ええ、もちろんです。もう一度よく、考えてみます」

私は答えた。


約束の時間どおりに彼は来た。久しぶりに二人で過ごす休日だった。お互い忙しすぎて三週間近く会っていなかった。

行きそびれた映画のビデオでも観て、夕食は家でゆっくり食べるつもりだった。本屋かレコード屋で買物し、公園を散歩するのもいい。それともベランダで、髪を切ってあげようか。

通りを行く人たちにじろじろ見られるから恥ずかしいと、彼はいつも尻込みするのだけれど。

夕食の準備はちゃんとできていた。海老は香辛料に漬けて、あとはグリルするだけだし、サラダは冷えているし、ワイングラスはよく磨いた。ミネストローネは少し煮込みすぎたかもしれないが、味は大丈夫だった。彼の好物の苺のショートケーキは、中央広場の洋菓子屋で買ってきたし、テーブルクロスとナプキンとマットは新しいのをおろした。何もかもが申し分なかった。

「会いたかった」

私を抱き締めながら、彼は言った。髪の中に声が吸い込まれ、うまく聞き取れなかった。

「えっ?」と聞き直したい気持を、私は苦労しておさえた。自分の耳にした言葉が万が一幻だったら、と思うと怖かったからだ。

彼は上着を脱ぎ、キッチンから漂ってくる料理の香りに鼻をひくひくさせ、伸びすぎた前髪をかき上げた。私たちはソファーの上で抱き合った。二人とも黙っていた。静かにしている方が、三週間ずっと待ち続けていたこの感触をより深く味わうことができると、知っていたからだ。

まだ警察が残っているのか、上の部屋で人の気配がした。普段より外もざわついていた。けれど私たちの静けさを乱すほどではなかった。

彼の腕が肩を包んでいた。もう片方の手は、膝の上で私の指を握っていた。私の頬は鎖骨に触れ、耳は鼓動を聞いていた。彼が呼吸するたび、首筋に息が吹きかかり、唇の温もりが伝わった。

　彼の中で小さくなっている時、自分の身体がどんな形になっているのかいつも分からなくなる。もしかしたらひどく滑稽な姿をしているのではないかしら、と不安になる。

　彼が作り出すあらゆる空洞に、私は納まることができる。足を小さく折り畳むことも、脱臼するほどに肩をすぼめることもできる。石室に押し込められる、ミイラのようだ。このまま抜け出せなくなっても構わないと思った。むしろそれを望んでいた。

　なのにあの時、私は自分から身体を離し、静けさを破った。

「ねえ、上の部屋で殺人事件があったの、知ってる?」

　私は言った。どうしてもそのことが喋りたくて仕方なかった。我慢できなかった。殺人だなんて、私にとってあまりにも特別な出来事だったから。

「玄関にパトカーが停まってたね」

　握った手は離さずに、彼は答えた。

「そうなの。たくさん警察が来て、野次馬やマスコミも集まって、大変だったの。うちにまで調べに来たんだから。どきどきしたわ。だって本物の刑事と口をきくなんて、生まれて初めてなんですもの。あなたは?　刑事と喋ったことある?」

　彼は首を横に振った。

「感じのいい人だったわ。きっと新米なのね。謙虚で礼儀正しかった。私、昨日の夜、妙な物音を聞いたのよ。事件と関係ある音。刑事さんがすごく興味を示してたもの。ドシン、ドスンっていう重苦しい音なの。その時はたいして変に思わなかったけど、記憶に残ってたということは、やっぱり普通じゃない雰囲気がしたんだわ。無意識に時計を見たの。十一時十分くらいだった。ここがポイントね。だってこういう事件の場合、時間って大事でしょ？」

今度は彼は、首を縦に振った。

「大学病院の助教授が不倫相手の女性に、ナイフで喉を刺されたんですって。切断寸前だったらしいわ。怖いわね。そうなるまで、徹底的に刺すなんて。まあ、よくある痴情のもつれでしょうけど。でも、どうして喉なんか刺したのかしら。普通、お腹とか胸じゃない？　私だったらできるだけ肉のたくさんついていそうな場所を選ぶわ。喉なんて目標が小さすぎて、空振りする恐れがあるし、手応えがなさそうな気がする。やっぱり恨みがあるんなら、内臓をかきむしってやらなきゃね。それからもう一つ不思議なことはね、殺された男が勤める病院で、同じ日に入院患者も殺されたの。こっちは女性で、心臓の手術を受ける直前、ハサミで胸を刺されたのよ。二つの事件に何か関係があるのかしら。単純な不倫殺人ではすまされない、複雑な事情が隠れているのかもしれないわね。あっ、そうそう。ワイドショーのレポーターも取材に来たわ。いかにもワイドショーが好みそうなネタだもの。いきなりテレビカメラが目の前にあるから、びっくりした。よくテレビで見る、化粧の濃い早口のレポーターよ。５０８号室の犯人、近所付き合いがなかったみたいで、情報が少なくて困ってた。だから知っていることをできるだけ丁寧に教えてあげたの。美人で服装はシックだったとか。ゴミ出しのルールなんかはきちんと守る人だったとか。もっとも私だって、エレベーターの中で挨拶するくらいだったけどね。でもすごく感謝されたわ。いいコメントがいただけました って。もちろん、顔は隠してもらったわよ。こんな陰気な事件でテレビに映るなんて嫌だもの。放送は明日よ。ビデオに録画しなくちゃね。新しいビデオテープあったかしら。あとで一緒に買いに行きましょう。もしかしたら私、事件解決の鍵を握る重要な証人になれるかもしれない。ね、そうじゃない？」

いつの間にか、私の指に触れていた彼の手は離れていた。一気に喋りすぎて、息が切れた。奇妙な沈黙が訪れていた。さっきまで私たちの間に満ちていた静けさとは種類の違う、居心地の悪い沈黙だった。テーブルの上にはお行儀よくワイングラスが並んでいた。ガスレンジの鍋から、湯気が立ち昇っていた。５０８号室の人の気配は消えていた。

「人が死んだのが、そんなに楽しいか」

彼は言った。

「あっ、そうだ。忘れてた。コーヒーをいれるわね」

聞こえない振りをして私は立ち上がった。わざとカップを食器棚の扉にぶつけてガチャンといわせた。この沈黙を救ってくれるなら、たとえ耳障りな音でも構わないと思った。けれどそんなことをしても、何の役にも立たなかった。

「人が死んだのが、そんなに楽しいか」

さっきと同じ口調だった。声の大きさもトーンも間の取り方も、すべてが同じだった。

「何言ってるの。楽しいわけないじゃない。私はただ……」

そこまで言いかけた時、彼は上着をつかみ、スリッパを脱ぎ捨て、無言のまま出ていった。玄関のドアがことさら大きな音を立てて閉まった。

私は一人になっていた。最初からここには誰もいなかったかのように、独りぼっちだった。

どのくらいぼんやりしていたのだろう。お湯がわいて、もうコーヒーは必要なくなったのだと気づいて、カップを戸棚にしまった。それから私も外へ出た。

彼を追い掛けようとしたわけではない。あの人はきっと、私が思いもつかないずっと遠くへ行ってしまったのだ、という気がした。だからいまさら、私がどこへ駆けてゆこうと無駄なのだ。

こんな仕打ちを受けなくちゃならないほど、私は不真面目なことをしたのだろうか。もちろん、ちょっと興奮していたのは認める。でも決して、人の不幸をおもしろがっていたんじゃない。心から気の毒に思っている。刑事さんにだって、レポーターにだって、節度ある態度で接した。舞い上がってしまったのは、事件のせいというより、久しぶりにあなたと会えてうれしかったからなのに……。

彼に向かって言うはずだった言い訳を、私は胸の中で繰り返した。でも答えてくれる人は誰もいなかった。

市庁舎前の広場は、平日の午後で人影は多くなかった。昨日の日曜日、広場のあちこちに出ていたアイスクリームスタンドも、風船売りも、姿を消していた。ベンチでは男が昼寝をしていた。時計塔の階段には学生たちが腰掛け、本を読んでいた。今朝、ケーキを買った洋菓子屋は、しんとしていた。時折鳩が飛び立って、風を巻き起こした。

四時の時報が鳴った。塔の真ん中の扉が開き、兵隊とニワトリと骸骨の人形が姿をあらわした。観光客が四、五人集まって、写真を撮っていた。

もうあの仕掛けは、飽きるほど見た。彼とよくここで待ち合わせをしたから。たいてい彼の方が遅れて来た。だから仕掛けの人形が踊るのを見ることができた。

金色の羽根をはやした天使が出てきた。二人めの天使は、左側の羽根がぐらぐらしてとれそうになっている。骸骨の顎は油がきれてうまく動かない。ニワトリのとさかは、色がはげてまだら模様になっている。この時計のことなら、どんなささいな部分についても答えることができた。

最後の天使が回転し、骸骨が最後の鐘を鳴らし、扉が閉まった。観光客たちは離れていった。

私は時計塔の脇を抜け、市庁舎の裏道を歩いた。土産物屋は半分が閉まっていた。昔、新しく買ったコートの趣味が悪いとののしられ、恋人に振られた友だちがいた。

「それを着たお前を見ると、虫酸が走るんだ」

と言われたらしい。カシミア製の、上品なコートだった。人を不快にさせるようなところなど、どこにもなかった。彼女はそれをハサミで切り刻み、灯油をかけ、焼却炉で燃やしたが、恋人は戻ってこなかった。

別の友だちは、彼の前で目薬をさして振られた。朝、ベッドの中で、充血用の目薬をさしただけだった。

「左手で目蓋を広げて、右手に薬を持って、ポトンと一滴垂らしたの。ただそれだけのことよ。誰でもやることでしょ。なのにどうして……」

と、彼女は恨み言を繰り返していた。

世の中には、コート一枚で、目薬一滴で、駄目になることもあるのだ。

私はより細い道へ、細い道へと歩いていった。人とすれ違うたび、彼じゃないか……と思ってしまうことに、もう耐えられなかったからだ。図書館を過ぎ、クリーニング屋を過ぎ、つぶれた美容院を過ぎた。ブランコと砂場だけの小さな公園があった。レッドロビンの生け垣があった。ヨークシャーテリアが遊ぶ、芝生の庭があった。いつの間にか、時計塔は見えなくなっていた。

歩き疲れて立ち止まると、古い石造りの家の前だった。立派な樫の木が茂り、家を半分覆い隠していた。窓にはレースのカーテンが飾られ、フラワーボックスの赤い花たちはみずみずしく、玄関の扉には何か重厚な模様が彫刻されていた。

耳を澄ませたが何も聞こえなかった。人の気配もしなかった。樫の葉が風に揺れるだけだった。

『拷問博物館』。門柱の看板は錆ついていたけれど、確かにそう読み取れた。

「ゴウモンハクブツカン」

私は声に出して言ってみた。今の自分にぴったりの言葉のような気がした。

玄関ロビーは吹き抜けで広々とし、ステンドグラスの窓から様々な色に染まった光が差し込んでいた。ミラー付きの傘立て、背もたれの高い椅子二脚、いかにも長い間音を出していないように見えるピアノ、帽子掛けなどが、バランスよく配置されていた。ピアノの後ろからのびる階段はゆるやかにカーブし、床に敷かれた絨毯は毛足が長く、踏み心地がよさそうだった。サイドテーブルには花の生けていない陶器の花瓶、椅子には髪を縦巻きにしたビスクドール、靴箱の上には白鳥のレースが飾ってあった。どれも高級品だった。

空気はしんとしたまま動かなかった。そこにあるものすべてがじっと息をひそめていた。ただ庭の樫の葉がカサカサ鳴るたび、ステンドグラスの光だけが足元で揺れた。

受付がないかとあたりを見回したが、それらしいところはなかった。パンフレットや見学順路を示す矢印や券売機や、そんな博物館らしいものは何一つ見当たらなかった。両側にある扉は二つとも閉まっていた。

「ごめんください」

勇気を出して私は言ってみた。

拷問博物館をどうしても見学したいというわけではなかった。なのに何故か、あきらめきれなかった。あの残酷な沈黙が支配する部屋へ戻るくらいなら、拷問を受けた方がましだという気がした。

「ごめんください」

私の声は静けさのなかにたちまち飲み込まれてしまった。どちらにするか考えてから、私は左の扉を選んだ。右か左か迷った時は、必ず左を選ぶことに決めていた。彼が左利きだったからだ。

思ったとおり絨毯は、ふわふわして気持よかった。

「よくいらっしゃいました」

蝶ネクタイをした老人が深々とお辞儀をし、掌を差し出して中へ招き入れようとした。まるで私がここへ来ることを、あらかじめ知っていたかのようだった。不意のことに驚き、私は立ちすくんだ。

「どうぞ、ご遠慮なさらずに」

老人は豊かな白髪を後ろへ撫でつけ、シダの香りのするオードトワレをつけていた。蝶ネクタイと共布のネッカチーフを胸ポケットからのぞかせ、真珠のカフスをはめていた。どこから見てもすきがなかった。

「ごめんなさい。勝手に上がり込んだりして。玄関で声を掛けたんですけど、お返事がなかったものですから……。入場料はおいくらですか？　どこでお支払いしたらいいんでしょう」

いそいで財布を出そうとする私を、老人は押しとどめた。

「ご心配にはおよびません。私どもは入場料はいただいておりません。それでは今日は、ご見学で？　それとも、お持ち込みでございましょうか」

「お持ち込みって、何をですか？」

「拷問器具でございます」

口元に笑みを浮かべながら、老人は答えた。あわてて私は首を横に振った。

「さようですか。ではごゆっくりご見学下さい。私がご案内させていただきます」

その部屋は居間のようだった。ソファーセットと猫脚付きのキャビネット、修道院の食堂にあるような細長いテーブル、ロッキングチェア、レコードボックス、それらがおもな家具だった。

突き当たりには暖炉があった。作り物ではない本物の暖炉だった。灰にまだ、温もりが残っているように見えた。

上品なお金持ちが住んでいそうな、趣のある部屋だった。いつか自分も、こんなところに住んでみたいと思うような部屋だった。ただ一つ普通と違うのは、あちこちに拷問器具が飾られていることだった。

それらはあらゆるスペースを占めていた。キャビネットやテーブルはもちろん、出窓、暖炉の上、椅子の下、カーテンの陰、柱の角、そして四方の壁。どんな空間にも、なんらかの器具が置いてあった。あるものはガラス張りのキャビネットの中でキラキラ光り、またあるものは、食卓の上にぐったりと寝そべっていた。

「これは全部、あなたの持ち物なんですか」

私は尋ねた。

「いいえ」

とんでもないというふうに、老人は答えた。

「私はただ、管理、運営を任されているだけでございます。あなたのようなお客様をご案内したり、展示物の手入れをしたり、新たに発見された器具を審査するのが仕事です。時々、偽物が混じっていることがあるものですから」

「こういうものにも、本物と偽物があるんですか」

「もちろんでございます」

自信たっぷりに、老人はうなずいた。

「私どもが定義する本物とはつまり、見せかけの飾りなどではなく、実際、拷問に使われたかどうか、ということです。さあ、こちらからご覧になって下さい」

最初に老人が指し示したのは、四個の鉄の輪を鎖でつなげたもので、東側の壁一面に展示してあった。サーカスか手品で使う小道具のようでもあり、巨大な知恵の輪のようでもあった。かなり錆つき、壁紙にまでその錆が染み出していた。

「四個の輪っかを両手足にはめ、それぞれの先に伸びている鎖を四面の馬につなげて引っ張るわけです。四方向に。原理としては最もオーソドックスな部類に入ります。十八世紀初頭、フランスで用いられました。もう少し時代が下ると、馬の代わりにウインチのような機械が使われはじめます。その方がじわじわ継続的に苦しめることができますからね。拷問で重要なポイントは、じわじわ、ということなんです」

老人はじわじわという言葉を、ことさら丁寧に発音した。

「次はこの、革ベルトとペンチです。手首を机に固定し、爪をはぐのです。爪をはがしやすいよう、ペンチの先は薄く、なおかつ強固に研がれております」

部屋の照明のせいか、ベルトはしっとり湿って見えた。ペンチはそんな残酷な道具とは思えないほど、繊細な形をしていた。

「もともとこの館には、石炭業で財を成したある方の、双子の娘さんが暮らしていました。彼女たちはそれぞれ八十過ぎで亡くなるまで、生涯独身を通し、二人一緒に世界中を旅して回りながら、これらの品々を収集していったのです」

「でも、どうしてこんなものを？　普通、お金持ちが集めるといったら、絵画とか、宝石とかでしょう？」

「人間が何に心を奪われるか、そこに理由などございません。現にあなた様だって、こうして博物館に足を踏み入れていらっしゃるじゃありませんか」

老人は咳払いをし、首元に手をやって蝶ネクタイが曲がっていないか確かめた。彼が動くたび、オードトワレの匂いがした。

「先ほどおっしゃっていた、持ち込みっていうのは何なんです？」

「はい。時折、ご自分で発見なさった珍しい拷問器具を、こちらへお持ちになるお客さまがいらっしゃいます。私が鑑定しまして、ふさわしいとなれば、買い取り、展示させていただきます」

「いわゆる、本物、かどうかは、どうやって見分けるんでしょう」

「まず材質の時代鑑定をいたします。鉄、材木、真鍮、革、布、ブリキ……まあ、様々ございます。そして、どんなに古そうに見えても、科学的に分析をすれば、すぐに正体はばれるものなんです。そして、実際使用されたかどうかを見極めるのは、時代鑑定よりたやすいのです。血液反応が出るかどうか、それを調べればいいのです」

私はもう一度、馬裂きと爪はがしに視線を戻した。それらは与えられた場所に、ひっそりとうずくまっていた。壁紙にまで広がる汚れと、革の湿り気は、血のせいかもしれないと思った。

「よろしかったら、次へまいりましょうか」

老人は言った。

私以外の見学者はあらわれなかった。いつまでたっても、私と老人の二人きりだった。朝食室、台所、図書室、客間、洗面所、書斎、すべての部屋が展示室だった。その場所にふさわしい道具が飾られていた。

ベッドには清潔なカバーが掛けられ、オーブンからは甘いバニラの匂いが漂い、デスクにはついさっきまで誰かが仕事をしていたかのように、本が開いて置いてあった。なのにそこを支配しているのは、拷問だった。

慣れた仕事なのだろうか、老人の説明はよどみなく、的確だった。展示品に対する誇りが口振りにあらわれていた。それはつまり、ここにあるのはみな、間違いなく人間の血を浴びたものばかりだ、という誇りだった。

私は老人の傍らに立ち、説明に耳を傾けた。彼が進む方についていった。外のざわめきは一切届かず、私たちの足音だけが響いた。どの窓にも庭の緑が映っていた。そろそろ日が傾こうとしていたが、まだ光には十分明るさが残っていた。

老人は背が高く、肩幅ががっしりしていた。声には張りがあり、動作もしなやかだった。もしかしたら、私が思うよりずっと若いのではないだろうかという気がして、近くで注意深く観察すると、やはり顔には老人斑が散らばっているし、首はたるんで蝶ネクタイが皺の間に埋まりそうになっていた。

どうして私はこんなところにいるんだろう。彼は今頃どうしているんだろう。私はそればかり考えていた。海老はたれに漬かりすぎて、辛くなってしまったに違いない。冷蔵庫で冷やそうと思っていたワインは、戸棚にしまったままだ。苺のショートケーキは、明日になったらたぶん腐ってしまうだろう。何もかもが手遅れだ。

そんなふうに心の中でつぶやきながら、拷問器具を眺めていた。精巧で美しい器具たちは、彼のことを考える私の気持を決して邪魔しなかった。

「これはある鞄職人が持ち込んだものでございます」

展示品を指し示す老人の手つきは、優雅だった。

「コルセットのようですね」

それは客間の洋服ダンスにあった。私は中をのぞき込んだ。

「はい、おっしゃるとおりです。クジラの骨に牛革を張りつけて、筒状にしてあります。胴体に巻いて、どんどん絞め上げてゆきますと、やがて肋骨が折れ、内臓が破裂するという仕組みになっております。女性専用に用いられました」

「触ってみてもいいでしょうか」

「ええ、もちろん」

「年代物には見えないわ。あんまり古びていないもの」

「鋭いご指摘です。実はその鞄職人が自ら作った作品なのです。ただ、分析の結果、筒の内側に人間の皮膚の切れ端と脂肪が付着しておりましたので、展示品として合格と認定いたしました」

私は手を引っ込めた。老人に気づかれないよう、指先をスカートでぬぐった。

「大丈夫でございますよ。微量ですから、お手を汚すほどではありません」

「大事な本物の証拠が、取れてしまったら大変でしょう……」

私は答えた。

喉をめった刺しされるのと、心臓をえぐられるのと、胴体を絞め上げられるのと、どれが一番苦しいだろう。たぶんコルセットの拷問だ。だって内臓が破裂したって、すぐには死ねないもの。

５０８号室の女性はもう逮捕されただろうか。コルセットをはめられた女性は、罪を告白したのだろうか。

私は刑事さんを思い出していた。緊張した目で、こちらを見ていた。私の言葉をとても大事に扱ってくれた。私の言い訳を一言も聞いてくれないまま、あの人は出ていってしまったというのに。


洗面所は白いタイル張りで明るかった。石けんは真新しく、バスタオルはきちんと折り畳まれていた。髭剃りのセットと化粧品の瓶が並べて置いてあった。

「これは少し珍しい品です。南イエメン産です」

老人の声は反響し、ますます自信にあふれて聞こえた。

「漏斗《じょうご》ですね」

「はい、原理は同じです。人間を仰向けに寝かせ、身動きできなくしておきます。そして漏斗から冷たい水を一滴ずつ、額に垂らしてゆきます」

「そんなことで、拷問になるんですか？」

「もちろんです。かなり残酷な部類でございますよ」

老人はそれを両手で持ち上げた。アルマイト製で、彼の白髪によく似合うくすんだ銀色をしていた。両手の中にぴったり納まっていた。

「拷問で大切なのは、継続性です。瞬間的な痛みなどではありません。いつ果てるともない、終わりのない継続なのです。額に冷たい水が、一滴ずつこぼれ落ちます。ひた、ひた、ひた……と。時を刻む秒針のようです。それ自体、たいした衝撃ではありません。しかし、決して無視できない感触です。最初のうちはどうにか気を紛らわすこともできるでしょうが、五時間、十時間と続くうち、もう我慢できなくなります。繰り返し刺激を受けた神経は興奮し、爆発します。額の一点に全身の神経が吸い寄せられ、まるで自分が額だけになってしまったかのような錯覚に陥るのです。額の真ん中を、細い針が一ミリずつ貫いてゆく幻覚に襲われます。眠ることも、食べることも、お喋りすることもできず、ただ一滴の感触にのみ支配され、痛みよりももっと残酷な苦しみにもだえるのです。普通、一昼夜で発狂します」

老人は漏斗を元の場所に戻した。

彼の額はどんな形をしていただろう。普段は長い髪の毛で隠れているけれど、私はそれを何度も目にしたはずだ。シャワーから出てくる時、何気なく髪をかきあげる時、あるいは、ベッドの中で激しく頭を揺らす時。

傷一つない、整った形のその額が、冷たいしずくで濡れたらきっと素敵だろう。触ると痺れるほどによく冷えた水滴は、まず額の真ん中に落ち、丘を滑り降り、こめかみを伝い、髪の中へ消える。まるで泣いているようだ。その頃にはもう、次の水滴が漏斗の先からこぼれようとしている。

彼は目を閉じ、唇を固く結び、ぴくりとも動かない。額は思わず口づけたくなるほど、つやかに光っている。でも彼に触れることはできない。水滴以外の感触を与えてしまったら、せっかくの拷問が台無しになるから。

「私どもが誇る、最もユニークな品がこちらでございます」

洗面台の戸棚から取り出されたのは、ごく普通の毛抜きだった。ただ、かなり頑丈な鋼でできていた。先の合わせ部分は精巧に調節してあった。よく使い込まれているらしく、指が当たる場所は黒ずんでいた。

「苦痛の種類は先ほどの漏斗と似ておりますが、もっと俗悪です。これで一本ずつ、髪の毛を抜いていくのです」

「つまり、どういうことでしょう」

私は問い直した。

「疑問に思われるのも無理ありません」

老人は何度もうなずき、また蝶ネクタイに手をやった。もったいぶって、戸棚を何度か開けたり閉めたりした。

「一本ずつ、抜くのです。根気強く。あきらめないで。一本残らず、頭皮が丸見えになるまで」

私は長い吐息をついた。

「自分の髪を失うのは、辛いものです。ナチスの強制収容所でも、人間性剥奪のために、まず頭を剃りました。なくったって、何の不都合もないのに、人間は自分の存在がそこへ宿っていると、思い込んでいるのです」

「そのとおりです。私は美容師だから、よく分かります」

「ならば話が早い。この拷問は鏡張りの部屋で行なわれます。どんなに目をそらそうと、坊主になってゆく自分の姿が視線に入ってくるからです。面倒だからといって、十本二十本とまとめて抜いては意味がありません。一本ずつ、という点が重要です。大事なものがじわじわと失われていく苦痛です。もう一つのポイントは、髪が抜ける時の微かな痛みです。これが千回、一万回、十万回と繰り返されるうち、耐えがたい痛みとなります。単純ですが、拷問のあらゆる定義をすべて満たした方法と言えましょう」

天窓が夕焼けに染まっていた。風がやみ、庭の樫の木は静かに葉を休ませていた。老人の横顔に西日が当たり、目元を陰にしていた。だから余計、口元の笑みがくっきりと浮かび上がって見えた。

今度彼が家に来たら、必ずベランダで散髪させよう。ビニールケープで身体を包み、首にタオルを巻く。そして両手と両足を椅子にくくりつける。

ここにあるベルトを貸してもらおう。馬裂き用でも、爪はがし用でもいい。ここにはいくらでも頑丈なベルトがあるのだから。

私は彼の髪を抜く。どこから始めようと自由だ。耳の後ろがいいだろうか。それとも頭のてっぺんからだろうか。

抜いた毛は彼の足元へ落とす。それは長い羽根を持った昆虫のように、ゆらゆらと舞い降りてゆく。私は髪が抜ける瞬間の、小さな手応えを楽しむ。皮膚を破り、脂肪をえぐり取る感触だ。

やがてあらわになる頭皮は、弱々しいほどに青白く、柔らかい。ハンバーガーショップのごみ箱に捨てられた、ハムスターの死骸のように。

髪の毛は降り積もってゆく。風に飛ばされ、空を漂ったり、彼の足に絡みついたり、唇に張りついたりする。けれど彼は、それを払うこともできない。ただうめき声を漏らすだけだ。ただ私に、されるがままだ。

「ご満足していただけましたでしょうか」

老人は言った。

「ええ、ご案内、どうもありがとうございました」

私はお辞儀をした。

「一つ聞いてもいいですか」

老人は大きくうなずいた。

「ここにある道具を、試してみたいという欲望にかられませんか」

老人はこめかみに手をやり、しばらく玄関ホールの明かりを見つめてから答えた。

「もちろん、かられます」

口元の笑みが消えていた。

「そういう欲望を感じさせてくれないものは、展示いたしておりません」

老人は明かりから視線をはずし、髪を撫でつけた。

「いつかまた、お邪魔してもよろしいでしょうか」

私は尋ねた。

「もちろんでございます。あなた様が必要な時には、いつでも、ご遠慮なくどうぞ。私はここでお待ち申し上げております」

老人は再び笑みを浮かべた。

ギブスを売る人

伯父さんの作り出した物は、何でもかんでもすぐ簡単に壊れてしまった。僕の大事な飛行機のプラモデルも、自分で開発したという触れ込みで売り出した〝身長を伸ばすギブス〟も、形見にもらった毛皮のコートも。

伯父さんは会うたびに職業が違っていた。帽子工場の次がカメラマン助手。それからギブスのセールスマン、テーブルマナーの先生、執事、最後は博物館の学芸員。助手とセールスマンは、順番が逆だったかもしれない。もう忘れてしまった。この間に正式な結婚が三回、同棲が二回はさまった。一緒に暮らす人の顔触れは次々変わり、晩年は世話をしてくれる人もなく一人きりになっていた。

つまり伯父さんは、自分が築いてきた仕事や家庭をいともあっさり投げ捨て、すべてをゼロに戻しながら生きた人だった。

伯父さんの尊敬すべき点は、（もしそれを尊敬と呼んで許されるなら）自分の手の中にあるものが壊れてゆく時、ちっとも残念そうにしないところだと思う。舌打ちしたり、ふてくされたりせず、平気な顔でそれが消え去ってゆくさまを眺めている。口元には笑みさえ浮かべている。

伯父さんが死んだので遺体を引き取ってほしいと警察から電話があったのは、司法解剖が終わったあとだった。近所付き合いもなく、友人もおらず、数少ない親類を探すのに手間取ったらしい。ちょうど僕は大学から下宿に帰ってフランス語の予習をしているところだった。

「で、どうして死んだんでしょう」

僕は尋ねた。

「窒息死です」

受話器の向こうの人物は答えた。

「殺されたんですか」

「いいえ。部屋中にためたゴミの、下敷きになられました」

その見知らぬ人物が尊敬語を使ったことが、いくらか僕を慰めてくれた。

僕と伯父とは血はつながっていなかった。一応母の兄なのだが、母方の祖母が再婚した相手の、前の奥さんとの間にできた長男で、母とは歳が離れているうえに、一緒に暮らしたこともないらしい。子供の頃、彼らの関係を何度か説明してもらったが、うまく理解できなかった。

にもかかわらず、伯父はよく家へ遊びに来た。何の前触れもなくふらりと現われ、数日滞在したあと、またどこへともなく去っていった。

あまり歓迎されない客らしいということは、子供ながらに勘づいていた。母はそわそわして落ち着きがなくなるし、父は機嫌が悪くなった。しかし伯父さんは遠慮する様子も見せず、大いに飲み食いし、ほがらかに振る舞った。

両親の思惑など無関係に、僕は伯父さんが来るのを心待ちにしていた。必ず珍しいお土産を持ってきてくれたからだ。

「さあ、どこに隠れているか、見つけられるかな」

そう言って伯父さんは僕を抱き上げ、頰ずりした。髭が痛くてもがくと、余計おもしろがって顔をこすりつけてきた。どうにかしてその腕から逃れ、僕は身体中に手を突っ込んでお土産を探した。すると今度は伯父さんがくすぐったがって身をよじるのだった。

帽子の中から外国製のチョコレートが出てきたこともあったし、背広の袖口にミニチュアカーが入っていたこともあった。ある時は、靴下のすき間にジャックナイフが隠れていた。僕は小学校に入るまで、伯父さんがそれらの品々を魔法で取り出しているのだと信じていた。ジャックナイフはさやに半貴石が埋め込んであり、ずっしりと重く、眺めているだけで背筋がぞくぞくしてくるような美しさを持っていたが、あとで母に見つかり、取り上げられてしまった。

「まあ、こんな危ないものを子供に買ってくるなんて、あの人どうかしているのよ。分別がないにも程があるわ」

分別がない、というのが、彼女が伯父さんを形容する時いつも使う言葉だった。

いくら歓迎されないとはいえ、伯父さんが来ると晩ご飯のメニューがいくぶん豪華になった。僕はあぐらをかいた伯父さんの、足の間に座り込んだ。「お行儀が悪いからやめなさい」と母に叱られても、言うことを聞かなかった。足はごつごつしていたけれど、なぜかそこはとても居心地がよかった。

たいてい伯父さんが一人で喋った。父は酒が飲めないし、元々気難しい人だったから、あまりいい話相手にはなれなかった。新しくはじめた仕事の展望や、旅先で出会った不思議な出来事や、共通の親戚の噂話などが主な内容だった。伯父さんは手振りをまじえ、声色を使い、舞台俳優のように話し、愉快に笑った。その合間に、酒の肴を僕の口に放り込んだりした。せいぜい父は愛想笑いを浮かべる程度で、自分から質問するようなことはなく、母はただ台所と食卓を行き来するだけだった。

やがて父は「明日早いので、そろそろ失礼させていただきます」と、よそよそしい挨拶をして引き揚げる。僕もパジャマに着替えさせられ、母は後片付けをはじめる。それでも伯父さんは食卓に居座り続けた。

夜中、トイレに起きた時のぞくと、伯父さんはまだウィスキーを飲んでいた。酔いが回って手元はおぼつかなく、背中はだらしなく丸まっていた。宙に浮かんでいる見えない何かに話し掛けるように、独り言をつぶやき、みんながいた時と変わらず声を上げて笑っていた。

昼間は何をするでもなく、客間でごろごろしていた。母が力仕事などを頼むと、喜んでやっていたが、滅多にそんな機会は訪れなかった。せいぜい父宛てに送られてきた書籍を二階へ運び上げたり、固い瓶の蓋を開けたりするくらいのことだった。伯父さんが何かの役に立つなんて、母は思っていないようだった。

退屈すると僕の部屋へやって来た。

「よし、あのプラモデルを作ってやろう」

それは誕生日プレゼントに父に買ってもらったもので、今度の日曜日、一緒に作る約束をしていた。父との約束があったからというわけではなく、何となく伯父さんにプラモデルを作ってもらうことに、不安がよぎったのだが、伯父さんは構わず次々部品の袋を破いてしまった。

「ねえ、僕にもやらせてよ」

「いや。これはなかなか難しいぞ。子供には手出しできん。私に任せておきなさい」

そう言って伯父さんは、プロペラにも翼にもセメダインにも触らせてくれなかった。

説明書の字は小さく、読みづらそうだった。老眼鏡をずらしたり、電気スタンドを近付けたりしていた。机の上を部品で一杯にし、あっちとこっちをくっつけてははずし、逆さまにし、また違うのを引っ張り出してきた。その間中、「はて。どうしたものか」とつぶやいていた。

「大丈夫？」

不安になって僕が尋ねると、

「ああ、もう少しの辛抱だ。うん、うん。これは立派な飛行機だ」

などと言ってうなずいた。鼻の頭に汗をかいていた。

待ちきれなくなって僕は外へ遊びに行った。夕食の時間になってもまだ伯父さんはプラモデルを作っていた。ようやく飛行機らしい形になった程度だった。

「無理しなくていいんだよ」

遠慮気味に僕は言ってみた。でも伯父さんはあきらめなかった。

結局それが完成したのは翌朝だった。

「さあ、ご覧」

伯父さんは飛行機を両手で捧げ持った。

「うん、ありがとう」

それは箱に印刷された写真とは、ずいぶん違う姿をしていたのだが、とにかく僕はお礼を述べた。伯父さんをがっかりさせたくなかったからだ。伯父さんの指はセメダインが張りついて薄汚くなっていた。

飛行機は妙にバランスが悪かった。どの部品も、正確な場所に収まっていないように見えた。操縦席の窓にはすき間があるし、車輪は曲がっているし、一番肝心な翼は右と左で角度が違っていた。

その日の昼、伯父さんは帰っていった。プラモデルを本箱の上へ飾ろうとして持ち上げたとたん、右の翼がとれた。「あっ」と声をあげているうち、プロペラがはずれ、車輪が転がり、もう片方の翼も僕の足元に墜落した。傷つき、朽ち果てた化石のようだった。

ある時伯父さんは奇妙な形をした、何とも形容しがたい品物を持ってきた。細長い鉄板の先に、犬にするような首輪がくっつき、反対側の先には幅の太いベルトがはめ込んであった。

「これは、身長を伸ばすギブスです」

と、伯父さんは言った。父親と母親は「はあ」とか「ほお」とか、あいまいな言葉を漏らした。

「こんなふうにして使うんですよ」

僕が実験台にさせられた。

「痛くない？」

心配して尋ねると、伯父さんは何度もうなずきながら留め金をはずした。

「大丈夫さ。君だって背が高くなりたいだろ？　じゃなきゃ、女の子にもてないからね。そう願っている人は、世の中にたくさんいるんだ」

首輪のように見えたのはやはり本物の首輪で、それが僕の喉にぴったりとはめられた。鉄板が背骨に沿って固定され、お腹がベルトで締め付けられた。

「さあ、どうです」

自慢げに伯父さんは両手を広げた。父親は僕の姿をじろりと眺め、母親は眉間に皺を寄せた。

息が苦しかった。首が無理矢理引き伸ばされ、振り向くことも前へかがむこともできなかった。少しでも動こうとすると、背骨がみしみし軋んだ。自由になるのは目玉だけだった。

「一日に三十分、このギブスをはめるだけで、半年の間に五センチ、身長の発達を助けます。首と腰を固定することにより、筋肉を伸長させ、骨に刺激を与え、成長ホルモンの分泌を促すのです」

「三十分も我慢しなくちゃならないの？」

半分僕は泣きそうになっていた。

「たった三十分ですらりとした背丈を手に入れることができるんだ。ありがたい話じゃないか」

「でも苦しいよ。息ができないよ」

「そうかい？　首輪がちょっときつすぎたかな」

伯父さんは留め金をいじった。

「まだ試作品ですから、細かい点は改善するとして、とにかくこのギブスを通信販売することにしたんです。売れますよ、これは。工場と契約を交わして大量生産できるめどは立っていますし、さまざまな新聞、男性雑誌に広告を載せるつもりです。医療機器として、お役所の認可も取り付けたんです。ほら、この通り」

伯父さんは背広の内ポケットから書類のような紙切れを取り出し、僕らの前でひらひらさせた。

「そうですか。それは、それは……」

疑い深そうに父親は言った。母親は背中の鉄板を人差し指でつついていた。

「ねえ、お願いだからさあ。はずしてよ。もう我慢できないよ」

本当に僕は涙声になった。

ほどなくして、言葉通り伯父さんはギブスの通信販売業をはじめた。ちゃんと首輪を改良したのかどうか知らないが、僕も雑誌に載った広告を見たことがある。筋肉にオイルを塗りたくった半裸の男性が、ギブスを背負い、自信満々でポーズを取っていた。僕が付けた時はあれほど窮屈で不自然だったのに、モデルの身体とギブスはうまく馴染んでいた。まるで生まれた時からずっとそこにくっついているかのようだった。

試作品のギブスはしばらく押入の片隅に放り込まれていた。家族中誰も、二度とそれを身に付けたりなどしなかった。不格好な爬虫類の脱け殻のように、そこにじっとうずくまっていた。背骨を支える鉄板には錆が浮いてきた。

不燃ごみの日、母がそれを捨てようとしたら、鉄板に刺さっていたネジが転がり落ち、首輪とベルトがはずれた。部品が全部、バラバラになった。

「ベルトは革だから、可燃ごみに回さなくちゃね」

と、母は言った。

ギブスはほとんど売れなかったらしい。すぐ壊れてしまうせいなのか、宣伝するほど背が伸びないためなのか、僕には分からなかった。やがて伯父さんは詐欺容疑で警察に捕まった。認可されたという書類は偽物だった。

しばらく音沙汰のなかった伯父さんが再び姿を現わしたのは、ギブス事件から四年後のことだった。僕は中学生になっていた。

今から考えれば、あの頃の伯父さんが一番羽振りがよかった。お土産の質も、洋服の仕立ても高級になった。フランス製のオードトワレなど振り掛け、葉巻を吸い、以前は駅から歩いて来ていたのが、ハイヤーで乗り付けるようになった。

どこかお金持ちの家に住み込んで、執事をしているという話だった。もっとも母親に言わせれば、単なる雑用係だった。

そこの主人は双子の老婆で、石炭業を興した父親から相当の財産を相続していた。しょっちゅう二人で世界を旅行しているので、留守番が伯父さんの主な役割だった。

老婆たちは伯父さんを性的に共有しているらしいと、親戚の人が噂していたのを覚えている。僕にはその具体的なイメージがよくつかめなかった。ただ親戚の人が、汚らわしそうな顔をしたので、愉快な話ではないらしいと察しがついたのだった。

「全くよく似た双子なんだ」

伯父さんは言った。

「背格好から声、洋服の趣味、化粧、皺の寄り方まで、何もかもがそっくりだ」

「間違えることもある?」

僕は聞いた。

「いいや。間違えるもんか。AがBでも、BがAでも、何の不都合もない。彼女たちは一人で一人だからね」

「執事って、どんな仕事?」

「伯父さんの場合は、ちょっと普通の執事とは違うぞ」

自慢げな口調は少しも変わっていなかった。

「一番大事な仕事はベンガル虎の世話だ」

「虎?」

思わず僕は聞き返した。

「そうだとも。ご主人が中庭で飼っている。インドを旅行した時、子供の虎を手に入れて持ち帰ったんだ」

「今はもう大きいの?」

「大きいなんてもんじゃない。胴回りは抱えきれないほど太く、脚は強固で、牙はどんなものでも嚙みちぎれる。そいつが中庭を駆け抜けると、地面がゆっさゆっさ揺れるみたいだ」

「怖くない?」

「怖いさ。あいつは絶対心を許さない。いつどんな時でも襲いかかってゆけるよう、準備している。身体の隅々に緊張がみなぎり、それが美しさを醸し出す。光を受けて毛並みが輝き、背中のラインがしなり、喉からは威嚇の唸りが響く。どこにもすきがない。すぐ目の前にあるのに、絶対に手の届かない種類の美しさだ」

虎の姿を思い浮かべるように、伯父さんは目を閉じた。

「元々老婆たちの興味は拷問にあった」

目を閉じたまま伯父さんは言った。僕はどう口をはさんだらいいのか分からなかったので、黙っていた。

「世界を旅して、拷問の道具を買い集めるんだ。それを管理するのも私の仕事さ」

「確かに、珍しい仕事だね」

「虎のいる中庭に放り出せば、それだけで十分な拷問だ。ほかにも様々あるぞ。足首骨折斧とか、口裂きマウスピースとか、皮剝ぎナイフとか」

いくら名称を聞かされても、道具の形を想像することができなかった。頭に浮かんでくるのはただ、〝身長を伸ばすギブス〟だけだった。

「虎の世話をしていて一番厄介なのは、実は恐怖じゃない。匂いなんだ。生命の塊が発する、むせるほどに濃密な匂いさ。それが髪の毛にまでしみついて苦労している。だからオードトワレが手放せない。老婆Aが土産にくれたんだ。Bだったかもしれん。いずれにしても高級なオードトワレさ」

伯父さんは僕の鼻先に胸を押し当ててきた。逃げようがなかった。

「どうだ。いい香りだろう」

伯父さんはハンカチを振って、もっとたくさん匂いを送り込もうとした。お金持ちの家に住み込んでいるだけで、自分がお金持ちになったわけでもないのに、仕草までが気取っていた。

僕は息を深く吸い込んだ。それがオードトワレの匂いなのか、ベンガル虎の匂いなのか、僕には区別がつかなかった。

僕の中に最も深く残っている伯父さんの記憶は、我が家を去ってゆく後ろ姿だ。誰も伯父さんがどこへ帰ってゆくのか知らなかったし、尋ねもしなかった。ただ、「じゃあ、また」と、素っ気なく挨拶するだけだった。

いつも伯父さんは手ぶらだった。鞄というものを持っていたことがなかった。下着や何かはどうしていたのだろう。僕へのお土産と同じように、洋服のどこかに押し込めていたのかもしれない。

「ああ、愉快だった」

心から伯父さんはそう言った。

「しっかり勉強するんだぞ。いいか。どんなにくだらないと思うことでも、侮っちゃいかん。きっと何かの役に立つ。勉強して無駄になるなんてことはないんだ。世の中はそういうふうにできているんだ」

そして僕を抱き上げ、また頬ずりした。痛がって手足をばたばたさせ、せっかく整髪料で整えたばかりの髪の毛を乱しても気にしなかった。

「どうもお世話になりました」

それから父と母に頭を下げ、髪の毛を撫で付けた。

「今度はいつ来てくれるの?」

子供というのはどうしてあんなに無邪気なんだろう。本当に僕はその答えが知りたかったのだ。

「さあ、どうかな」

どんな種類であれ、約束などできる人ではなかったのに。

最後の訪問となったのは、双子の老婆が死に、屋敷が拷問博物館に改装され、伯父さんがそこの学芸員を任されていた時だ。僕はもう頬ずりしてもらうには、大きくなりすぎていた。

迎えのハイヤーが来た。挨一つついていない、黒々とした立派な車だった。玄関のステップで伯父さんはつまずきそうになった。僕が身体を支えてあげると、かすれた声で「失礼」と言った。お気に入りのオードトワレの匂いがした。

いつの間にこんなに歳をとってしまったのかと、僕ははっとした。ほんの少し力を入れれば、たやすく倒れてしまいそうだった。お土産を探す時触れた身体は、もっとしなやかで張りがあった。ずっと背の高い人だと思っていたのに、改めてよく見れば、僕より小さくなっていた。

伯父さんが何歳なのか、自分が知らないことに気づいた。伯父さんには年齢などないような気がしていた。

「ベンガル虎によろしくね」

車の窓に顔を寄せて僕は言った。聞こえたのか聞こえなかったのか、伯父さんは黙ってうなずくだけだった。

「ベンガル虎によろしくね」

僕はもう一度繰り返した。伯父さんの家族は、虎しか残っていなかった。

伯父さんは手を振った。芝居じみて気取っていた。別れを惜しむ群衆に囲まれた王様みたいだった。

やがて車が滑り出した。リヤウインドーに後ろ姿が映っていた。それはか細く、弱々しげで、まばたきしているうちにどんどん小さくなっていった。

「さあ」

父は奥へ引っ込んだ。

「やれやれ、ね」

さっぱりしたようにそう言って、母もあとに続いた。

僕だけが見えなくなるまで見送った。決して伯父さんは振り向かなかった。

葬式はあっけなく済んだ。参列者はほんの数えるほどで、泣いている人は一人もいなかった。みんなただぼんやりと祭壇の前に座っているだけだった。悲しんでいるというより、どうして自分はこんなところにいるんだろうと、考え込んでいるような様子だった。

「他殺でもないのに窒息死なんて、おかしいわね」

「身体が衰弱しているうえに、タンスでも倒れてきて、身動きできなかったんじゃないかしら」

「やっぱり殺されたんだよ。いろんなところで、恨みをかってた人だから」

「いずれにしても、胃の中は空っぽで、餓死寸前だったらしい。遠からず死ぬ運命だったのさ」

誰かがひそひそ話しているのが聞こえた。

何もかもがうまくいかなくなったのは、猥褻容疑をかけられた事件からだった。伯父さんが未成年の少女を拷問博物館へ連れ込み、いかがわしい行為をしていると、近所から警察へ通報があった。実際、十八歳の美容師見習いが拷問博物館へ入り浸り、伯父さんと何らかの付き合いを持っていたのは事実だった。しかし彼女は被害届を提出せず、事件にはならなかった。

伯父さんと彼女がどんな〝付き合い〟を持っていたのか、誰にも分からなかった。

「拷問したに決まっている」

と、父は言った。

「美容師見習いを拷問したんだ」

「なぜ?」

驚いて僕は尋ねた。

「拷問の道具が屋敷中にごろごろしているんだ。他に何ができる？」

少女との件はそれで済んだが、ほっとする間もなく、今度は老婆の遺産をだまし取ったとして逮捕された。かなりのお金を使い込んでいたらしい。警察の本当の目的は、こちらの方にあったのかもしれない。伯父さんは再び刑務所に入れられてしまった。

その間に拷問博物館は閉鎖され、伯父さんは帰る場所を失った。

一度でいいから博物館の見学に来てほしいと、あれほど懇願されていたのに、結局僕は約束を守らなかった。はっきりした理由はない。博物館を毛嫌いしていたわけでも、伯父さんを敬遠していたわけでもない。ただ、勉強とクラブ活動が忙しくて、何となく行きそびれてしまっただけだ。

毎年クリスマスには、写真入りのカードを送ってくれた。展示品の前でポーズを取った写真だ。

伯父さんは蝶ネクタイを締め、胸を張り、感じのいい笑みを浮かべている。ワインヤツには糊がきき、革靴には汚れ一つない。掌を上にし、右手で展示品を指し示している。袖口からは真珠のカフスがのぞいている。

「さあ、どうです。どこから見ても、本物の拷問器具です」

とでも言いたげだ。

伯父さんに最後に会ったのは、仮釈放されてしばらくたった、二月のある日だった。雲が低く垂れ籠め、冷たい風が休みなく吹き続けていた。僕はズボンのポケットに両手を突っ込み、身体をかがめて風をしのぎながら、長い時間かけてようやくアパートを探し当てた。

殺風景なアパートだった。細長い箱に二列窓だけが並び、それ以外何の飾りもなかった。窓辺に花もなければ、洗濯物の姿さえ見えなかった。外壁は染みだらけで、所々樋が外れかけ、階段の手すりはねじれていた。玄関先の雑草の陰で猫が鳴くだけで、他に物音は聞こえなかった。

本当にそこで間違いないか、僕は郵便受けを確かめた。201号室にマジックで書かれた伯父さんの名前があった。たどたどしく震えた字で、そのうえ雨ににじんで半分消えかけていた。

中をのぞいてみた。葉書一枚、チラシ一枚入っていなかった。そこはただの暗い空洞だった。

「伯父さん」

201号室の扉を開け、そう呼び掛けたあと、言葉を失った。

「伯父さん、僕だよ」

ただ呼び掛ける以外、他にいい方法が思い浮かばなかった。

確かに人の気配はした。途切れ途切れの息遣いがどこからか聞こえてきた。なのに姿が見えなかった。僕は靴を脱ぎ、部屋へ上がろうとしたが、まず足をどこへ置いたらいいのか、そのスペースを見つけることができずに立ちすくんだ。そこはとにかく、ゴミの山だった。

ゴミと言っていいのだろうか。すべてがすべて不用品というわけではなかったかもしれない。いずれにしても物品だ。統一性などみじんもなく、雑多で、好き勝手で、あまりにも圧倒的な物品の山。

「ああ、来てくれたんだね」

物品のわずかなすき間をくぐり抜けてくる声は、いまにも消え入りそうだった。それが間違いなく伯父さんの声かどうか、確信が持てるまでしばらく時間がかかった。

「さあ、いつまでもそんな所に立っていないで、顔を見せておくれ」

「うん、僕もそうしたいんだ。だけど、不用意に足を踏み入れると、崩れちゃいそうで……」

「平気だよ。冷蔵庫の脇をくぐって、ラジオをまたいで、洋服ダンスの後ろを通ってくればいいんだ」

言われた通り、僕はその山に慎重に分け入った。

ほつれた靴下、バーベキューセット、百科事典、分解されたクラリネット、キャットフードの缶詰、把手のない鍋、干涸びた石けん、顕微鏡、操り人形、黴の生えたパン粉、貂《てん》の剝製……。最初僕は一個一個の品物を目で追おうとしたが、すぐにめまいがしてあきらめた。それらが床を覆い尽くし、上になり下になりして絡み合いながら、一つの大きな塊となっていた。窓は塞がれ、最も背の高い突起は天井まで届いていた。どうにかして僕は声の元までたどり着こうとした。

「本当だ。夢じゃない。お前なんだね。最近めっきり目が弱くなってね。もっと近くでよく顔を見たいよ」

伯父さんは部屋の中央あたり、わずかなすき間に身体を埋めるようにして横たわっていた。こちらに向けてよろよろと手をのばしてきた。

「ほら」

僕はその手を握り、頬に寄せた。

「ああ、懐かしい感触だ。覚えているよ。お前の柔らかい掌をね。ちっとも変わっていない」

伯父さんはすっかり痩せていた。手首も首筋も肩も、ただの骨だった。握った手を僕は離すことができなかった。

「葉書をありがとう」

「お前だけに出したんだ。会いたい人間は、お前一人だったからね」

少し迷ってから、僕は枕元のゴミを奥へ押し込め、膝をついて座った。

「調子はどう?」

本当はこの部屋の状態について問い質すべきなのに、どういう言葉でそれを表現したらいいのか見当がつかなかった。

「まずまずだな。こう寒い日が続くと、神経痛が出てかなわん」

伯父さんのくるまっている布団は、黒ずんで元の色が分からない、薄っぺらなタオルケットだった。ざっと見回すかぎり、暖房器具は見当たらなかった。なのにたいして寒くなかった。僕たちを覆う塊から、生暖かい空気が染み出しているような気がした。

「久しぶりだね」

「全くだ。もっと早く出られるはずだったんだが、いろいろと手間取ってな。最近は分からず屋が多くて困る」

「食事はしてるの？　ちゃんと食べなくちゃだめだよ」

「いつの間にかお前も、人の心配ができる歳になったんだなあ。ついこの前まで、ほんの小さな坊主だったのに」

「もう大学生だよ」

「何を勉強している？」

「フランス文学」

「それは素晴らしい。まことに素晴らしいじゃないか」

伯父さんは腫れぼったい目蓋を閉じ、僕の手を握り返した。涙を我慢しているような表情に見えた。

「いけない、忘れるところだった。お土産を持ってきたんだ。さあ、どこに隠れてるか分かるかな」

涙を見たくなかったので、わざとふざけて僕は言った。伯父さんは咳とも笑いともつかない声を漏らした。ジャンパーの中から、僕はチョコレートの箱を取り出した。

「好物だったよね」

「その通りだ。ありがたい。お前からお土産をもらえるようになるなんて、思ってもみなかった」

僕はその箱をトースターと三輪車が積み重なった上に、落ちないようそっと置いた。それはすぐさま塊の一部として、風景になじんだ。

落ち着いてよく眺めてみれば、無造作に積み上げられたように見える物品の山は、一つのつながった輪郭を持ち、独自のバランスを保っていた。一個一個はどれも壊れているか、薄汚れているかしているのに、これだけすさまじい量集まると、なぜか奇妙な美しささえ醸し出しているのだった。

伯父さんの周囲を埋めているのは主に、用途の分からないがらくただった。木材や鎖や革が、不思議な形に組み合わさっていた。工場の廃材を拾ってきたのかと思ったが、すぐに博物館の展示品だと気づいた。

本来、手首を縛るはずなのかもしれないバンドはねじれ、留め金が取れかけていた。胴体を引き裂く鎖はたわみ、鞭の柄は折れ、膝の骨を砕く重しは錆だらけだった。本来の役割を思い出させる物は一つもなかった。むしろ彼らが拷問を受け、ぐったりと横たわり、息絶えるのをじっと待っているかのようだった。

足元に目をやると、そこを占めているのはあのギブスだった。僕はすぐ、それを背負わされた時の息苦しさを思い出すことができた。首輪の湿った感触も、鉄板の固さもよみがえってきた。

売れ残ったギブスたちは、いくつもいくつも重なり合い、ひときわ密度の濃い塊を作り出していた。バラバラにほぐすのは不可能に思えるほど、全部がぴったりと寄り添っていた。

「あれ、懐かしいね」

ただ指差しただけなのに、伯父さんは視線を動かさなくても、何の話をしているか理解したようだった。

「覚えていてくれたか。我ながら見事な発明だった。あんなに売れ残ってしまったがね。今でも身長の伸びたお客さんが、年賀状をくれる。まるで恩人扱いさ。あれを見るたび、自分の人生もまんざらではなかったと思えるよ」

伯父さんはタオルケットを顎まで引き上げ、これ以上できないくらい小さく身体を丸めた。目蓋は半分閉じたきりだった。時々痰がからむのか、咳をした。そのたび喉の筋が痙攣をおこしたように引きつった。

相変わらず外は風が強く、窓ガラスを鳴らしていた。不意に視界の隅を、ネズミかゴキブリか小さな生き物が走り過ぎて、拷問器具の間に紛れ込んでいった。しばらくゴソゴソ音を立てていたが、すぐに静かになった。

「よかったら一つ持って帰りなさい。いくらでもあるんだ。遠慮はいらん。今からでもまだ間に合う」

「うん、ありがとう」

僕は言った。

部屋の奥は台所になっているらしかったが、料理を作っている形跡はなかった。同じ種類の小さな空瓶が流し台を埋めつくしていた。オードトワレの瓶だった。

「ベンガル虎はどうなった?」

僕は尋ねた。

「博物館の中庭で死んだよ」

伯父さんは答えた。

「天寿を全うして、立派に天国へ旅立った……」

しばらく僕たちは黙って動かずにいた。風の音だけを聞いていた。伯父さんがタオルケットから手をのばしてきた。僕はそれを両手で包んだ。虎のために、二人で祈りを捧げているような気がした。


「雪が降ってきたみたいだ」

「どうして分かるの?」

「風の音が変わったからだよ」

「毛布はないの? 暖かくしておいた方がいい」

「そんなもの必要ない。このままで十分だ。それよりお前こそ風邪をひく。外を歩かなくちゃならないんだからな。さあ、これを着て帰るといい。とても暖かいんだ」

これほどたくさんの物があるというのに、伯父さんは枕元の山に手を突っ込み、目指す品物を迷うことなく探り当てた。毛皮のコートだった。

「すごい毛皮だね。伯父さんが毛布代わりに使ってよ。僕は平気だから」

「そんなこと言わず、受け取っておくれ。お前に残してやれるのは、これ一枚くらいなものだ」

「うん、分かった。ありがとう。大事にするよ」

伯父さんは満足したように、再び目を閉じた。やがて寝息が聞こえてきた。


いつの間にこんなに積もったんだろう。外は一面真っ白だった。伯父さんの言った通りだった。風は止み、夜空から大粒の雪が舞い降りていた。

人影はなく、前庭に寝そべっていた猫の姿も消えていた。まだ誰の足跡も残っていない雪の上を、僕はそろそろと歩いた。２０１号室を振り返ってみたが、窓には何も映っていなかった。

毛皮のコートのおかげで、少しも寒くなかった。思わず頬ずりしたくなるほど柔らかかった。大きな腕で身体をすっぽり抱き締められているようだった。

伯父さんの匂いがした。あのオードトワレだ。一歩足を踏み出すたび、雪の結晶の砕ける音と一緒に、香りが立ち上った。

来た道を引き返そうと思うのに、雪のせいで風景がすっかり変わってしまっていた。仕方なく、ただ真っすぐに歩いた。コートの上に降った雪は、毛の中へ滑り込み、すぐに溶けた。

僕はもう一度だけ振り返った。もうアパートの姿は見えず、ただ僕の足跡だけが暗やみの向こうに続いているだけだった。

ふと気づいた時、左の袖が肩から抜け落ちていた。急いで僕はそれを拾い上げた。ほつれた糸が垂れ下がっていた。裏側に黒ずんだ染みがべっとりついていた。

あっ、と声をあげた瞬間、今度は反対側の袖が取れた。一気に冷気が忍び寄ってきた。二つの袖を抱え、とにかく僕は歩こうとした。脇の縫い目がほつれてきた。衿がはずれ、ポケットが裂けた。

雪明かりに照らされ、虎の毛皮は一段と美しく輝いた。獣の匂いにむせ、僕はひざまずき、雪に横たわる虎の破片を拾い集めた。

ベンガル虎の臨終

バイパス道路を降り、土手沿いの道を南へ走って橋を渡る頃になってもまだ、私は迷っていた。市街に入れば、彼女の住むマンションはもうすぐだった。

救いようもない暑い午後だった。風はなく、街路樹はみなぐったりとうな垂れ、アスファルトからは陽炎が立ち上っていた。対向車線の車の列に反射する光が眩しかった。クーラーのボタンを最強にしても、窓ガラスから射し込んでくる日差しをやわらげることはできなかった。ハンドルを持つ腕は赤く火照り、痛みさえ感じはじめていた。

家を出てからずっと、私は賭けをし続けていた。次の交差点で信号に引っ掛かったら、Uターンしよう。後ろのシルバーのスポーツカーに追い越されたら、このまま走ろう。昨日通りすがりに見たペットショップの、スコッチテリアの子犬がもう売れていたら引き返そう。次の角を左折してすぐのバスターミナルに、三台以上バスが停まっていたら、やっぱり彼女のところへ行こう。

なぜか私は、スポーツカーが追い越さないままどこかで曲がってくれないか、子犬が姿を消し、ケージが空になっていてくれないかと願っていた。あれだけ強い決心をしてきたのに、何かささいなきっかけさえあれば、自分はまだ逆戻りできると信じているようだった。

橋の手前まできて急に渋滞に巻き込まれた。事故があったらしく、一方通行になっていた。ラジオをつけたが、電波がうまく入らなかったのですぐに消した。ブレーキを強く踏み直した。

彼女に会ってどうするつもりなのか。もう何万回も自分に問い掛けてきた質問だった。彼女を平手打ちし、罵り、夫を返してくれと叫ぶのだろうか。……愚かしい。そんなみじめな姿をさらすくらいなら、夫を失う方がましだ。

こんにちは。もしかしたら、そんな間の抜けた挨拶をするのかもしれない。まるで娘の幼稚園の先生に、挨拶するみたいに。

夫は呼吸器学会に出席するため、三日前からアメリカへ行っていた。彼女の部屋にもし夫がいたらと思うと怖くてならないから、彼がいない時を見計らって、こうして出掛けようとしている。

なのに自分ではそれを認めようとしていなかった。たとえ彼らが裸で抱き合っていようが、自分はうろたえたりなどしない。私に隠れて彼らがやっているのは、つまりそういうことなのだし、それは分かりきっているのだから。ただ私は物事を複雑にしたくないだけだ。夫がいない方が、二人きりで落ち着いて、公平に話すことができるのだ。――そう、言い聞かせていた。

学会の名前は何だったろう。長くいかめしい名前だったが、忘れてしまった。夫の専門は好酸球性肺浸潤症候群だ。それがどんな病気なのか私は知らない。夫も教えてくれないし、知りたいと願ったこともない。でもたぶん、彼女は知っているだろう。彼女は大学病院の優秀な秘書なのだから。

裸で抱き合う彼らの姿には動揺しないのに、学会の名前くらいで嫉妬するなんてばかげていると、よく分かっていた。しかしどうすることもできなかった。いつでも嫉妬は、思いも寄らないすき間からぬっと姿をあらわし、私を苦しめるのだ。

車の列は大儀そうにのろのろと進んだ。橋げたの陰でバーベキューをしている家族がいた。肉の焼ける煙があたりに漂い、余計暑さを増しているような気がした。中洲の杭に止まったカモメたちが羽を繕っていた。ウインドサーフィンの帆と、釣り用のボートがいくつも浮かんでいた。どこかでイライラしたクラクションが鳴り、カモメたちは一斉に飛び立っていった。強い日差しに目を細めると、遠くに海が見えた。

橋の中央でトラックが横転していた。スピードを出しすぎて中央分離帯にぶつかったのか、運転席が目茶苦茶に壊れ、はずれたタイヤがガードレールの向こう側にまで転がっていた。救急車とクレーン車と警察がトラックを取り囲み、非常用の赤いランプがあちこちで回っていた。

運転手はたぶん、もう生きてはいないだろう。ハンドルと鉄板の間の、窮屈なすき間に閉じ込められ、骨も内臓も肉もつぶれてしまったに違いない。

しかし私をもっと驚かせたのは、道路に一面散らばったトマトだった。最初からすぐにトマトだと気づいたわけではない。名前の分からない赤い花が、毒々しいほど咲き乱れる花畑に、突然迷い込んだのだろうかと錯覚した。あるいは運転手の血が流れ出し、こんなにも美しく道路を染めているのだろうかと。

実際、美しいトマトだった。青みがかったり、形がいびつなものは一つもなく、どれもこれもが完全に熟し、整った形をしていた。太陽の光を浴びて艶やかに輝きながら、アスファルトが見えないくらい、あたりを埋め尽くしていた。

作業員らしい男がスコップで回収しようとしていたが、その赤い塊はびくとも揺るがなかった。何人かは茫然と立ちすくんでいた。また別の何人かは、電動ノコギリでトラックの運転席を切り離そうと汗まみれになっていた。

こちらの車線に転がってきたいくつかのトマトは、車に轢かれた。それらはいともあっさりとつぶれた。何の未練もなく、戸惑いもなく、むしろそうされるのを願うかのように一瞬のうちに弾けた。

潰れて液体になると、一層その赤色は深みを増し、血の色に似てきた。他の車はみな、自分の車体を汚さないように蛇行した。窓を閉めているのに、電動ノコギリの音が響いてきた。

私はできるだけたくさんのトマトを押し潰そうとした。十個以上踏めたら、引き返すのはやめにしよう。このまま行けるところまで行こう。

タイヤの感触がハンドルに伝わってきた。指先が痺れるようだった。車の後ろから続く赤い帯が、バックミラーに映っていた。人を轢き殺す時にも、こんな感触がするのだろうか。
「一個、二個、……三個、四個、五個、……六個……」
私は数を数えた。

彼女の姿を一度だけ遠くから眺めたことがある。夫の研究室に忘れ物を届けた時、秘書室に寄り、気づかれないよう中をうかがったのだ。

すぐに彼女だと分かった。顔を知っていたわけでも、名札を見たわけでもないのに、たやすく確信できた。夫が帰ってこない夜、私が散々想像を巡らした場面、例えばマンションの一室や、彼のお気に入りのレストランや、人影のない病院の裏庭に、彼女ならぴったり収まると気づいたからだ。

けれど顔は思い出せない。髪型もお化粧の仕方も記憶に残っていない。覚えているのはただ、彼女が何かひどく込み入った仕事をしていたということだけだ。

彼女は椅子にも腰掛けず、立ったまま机の上の書類を整理していた。焦った様子で書類をめくり、あるものには書き込みをし、あるものは破棄し、あるものには付箋を貼りつけた。汗ばんだ髪の毛が垂れ下がり、顔を半分隠していた。机の電話が鳴っても出ようとせず、誰かの名前を乱暴に呼んだ。あわててその子は走り寄り、受話器を取った。

ようやく全部の書類の処理が終わったかと思ったら、どこかに手違いがあったらしく、忌々しげに舌打ちし、また最初からやり直した。部屋の外まで聞こえるほどの舌打ちだった。

やり直してもやり直しても、うまくいかなかった。必ず何かが狂っていた。書き込みを消し、折り目を入れ、判を押した。考えつくかぎりの試みをしていた。彼女の手の中で、書類は皺だらけだった。作業は永遠に続くように思われた。誰も彼女を助ける人はいなかった。私はその場を立ち去った。どうせなら彼女が優雅に仕事をこなしている姿を見たかった。一分のずきもない姿で、夫の論文をタイプしてくれていたら、私にはもっと正当な嫉妬する権利が与えられたはずだ。

車は市庁舎の裏の駐車場に停めた。そこからマンションまで、歩いて行くつもりだった。マンションの近くに路上駐車し、違反切符を切られたりしたら、きっと立直れないほどみじめな気分に陥るだろう。そんなつまらない心配をしている自分を滑稽に思いながら、私はもう一度地図で場所を確かめた。

508号室、508号室。私はつぶやいた。車を降りたとたんに汗が噴き出した。せっかく丹念に塗ったおしろいが、半分とれかけていた。街中に容赦なく日光が降り注いでいた。この暑さから逃れられるものは、この世に何一つないかのようだった。

歩きながら私は、拒否された記憶を一つ一つ思い出していった。夫が彼女と会うようになってから、これはもう習慣になっていた。いつ、誰に、どんな場面で自分は拒否されたか、それを子供時代からさかのぼって全部掘り起こしてゆくのだ。そうすれば私が夫だけでなく、いかに多くのものたちからそっぽを向かれてきたかが分かる。夫だけが特別に冷たいわけではないと、自分を慰めることができる。

最初は一つか二つしか思い出せなかったのに、彼らの関係が深まってゆくにつれ、その数は増え、映像も鮮やかになっていった。すっかり忘れていたはずの記憶さえ、どこからともなくよみがえってきた。

幼稚園の頃お遊戯会で、二人一組になって踊る時、私だけ相手が見つからなかった。先生が一緒に踊ってくれたけれど、ひどく目立って不恰好だった。子供の数が奇数なのに、どうして先生は二人一組になりなさいなんて言ったのだろう。

修学旅行の旅館の部屋割り表に、私の名前だけが抜けていた。見間違いかと思いもう一度確かめたが、やっぱりなかった。もちろん故意ではなく、単純なミスだったが、そんな言い訳は何の役にも立たなかった。結局私は修学旅行へ行かなかった。部屋割りのことでいじけたからじゃない。当日の朝、扁桃腺がはれて熱が出たからだ。

十五の時、自殺してやろうと思って睡眠薬を飲んだ。死のうとするくらいだからよっぽどの事情があったはずなのに、理由は忘れてしまった。ただ漠然と、何もかもが嫌になったのかもしれない。十八時間眠り続け、目を覚ますと頭がすっきりしていた。本当に死んでしまったのかと思うほど、身体中が澄み切っていた。家族は誰も、私が自殺を図ったことに気づかなかった。

昨日美容院で、衿足をもう少し丁寧に切り揃えてほしいと言ったら、露骨に嫌な顔をされた。これ以上、どうにもならないわよ、という表情で、ハサミをパチパチ鳴らした。見習いのような若い美容師だった。

……………………

気がつくと迷子になっていた。あれだけ入念に地図を調べたはずなのに、暑さのせいで街が歪んでしまったかのようだった。角を曲がるたび、記憶とは違う風景があらわれた。通り過ぎる人はみな不機嫌そうにうつむき、野良猫は路地の陰にうずくまっていた。

重なり合う屋根の向こうに、時計塔の後ろ側がほんの少しだけのぞいて見えた。二時の時報が鳴りはじめた。風もないのに、それは一度空へ舞い上がり、渦を巻きながら私の耳にも響いてきた。

時報の余韻が消えた時、不意に何かの匂いを感じた。決して不快ではないが、媚びるような甘さはなく、毅然とした匂い。私は息を深く吸い込んだ。それが唯一の道しるべだった。

「シダの匂いだわ」

と、私はつぶやいた。

石造りの立派なお屋敷だった。背丈よりも高い鉄扉は半分開いたままになっていた。樫の木が茂り、涼しそうな木陰を作っていた。迷わず私は中へ入っていった。アプローチを進み、窓を見上げ、建物の西側へ回った。そちらの方から匂いが漂っていたからだ。

そこはきれいに手入れされた中庭だった。低木は一ミリの狂いもなく剪定され、緑の小道を作り、蔓バラは名残の花をつけ、中央の噴水からは澄んだ水が流れ落ちていた。その噴水の脇に、虎が横たわっていた。

「何をなさっているんです?」

　私は尋ねた。

「あなたもこちらへいらっしゃれば、お分かりになりますよ」

　驚きもせず、私を見咎めもせず、虎に寄り添っている老人は答えた。

「死んでいるんでしょうか」

「いいえ。まだ間に合います」

　それどころか、私に向かって手招きした。

　緑の小道を歩いてゆくと、どこからか気持ちのいい風が吹き込んできた。小鳥のさえずりと、噴水の弾ける音が聞こえた。街を覆っていたあの暑さが、ここにだけは届いていないように見えた。

　巨大な虎だった。噴水の縁に沿うように心持ち背中を丸め、脚をだらりと伸ばし、口を半開きにしていた。そこからいかにも苦しそうな呼吸音が漏れていた。

「虎、ですか?」

「ええ。死にかけた虎です」

　両膝をついてかがみ、左の前脚を握っている老人の手があまりに優しげだったので、私は少しも恐怖を感じなかった。

「さあ、どうぞここへ」

老人は目で合図した。

この暑さの中きちんと正装し、汗一つかいていなかった。蝶ネクタイを締め、真珠のカフスボタンをはめ、上等な織りの上着をはおっていた。ウエーブのかかった白髪は丁寧に撫で付けられていた。

私も同じようにひざまずき、背中に掌を当てた。そうしないではいられなかった。シダだと思ったのは、虎の匂いだった。

まず私を驚かせたのは、その温かさだった。それが縫いぐるみや幻などではなく、間違いなく生きていることを実感させてくれた。掌の下で、温もりの塊が脈を打っていた。

「なんて美しいんでしょう。死んでゆくものには見えないわ」

私はつぶやいた。

「こんなにも美しい形を作り出せる人は、この世におりません」

愛撫を続けながら、老人は言った。

黒と黄色に色分けされた毛並みが、光を浴びて輝いていた。色のコントラスト、バランス、模様の独創性、伸びやかさ、何もかもが完全だった。横たわっているとはいえ、身体を支える背骨はしなやかにアーチを描き、脚の表情にはまだ、大地を踏みしめていた頃の力強さが残っていた。顎は発達し、わずかにのぞく牙は強固だった。どこにも無駄がなく、どこにも欠けたものがなかった。

「あなたの虎ですか」

「ええ」

老人はうなずいた。一度お腹がキュッと痙攣し、吐く息に唸り声が混じった。

「まあ、大変だわ」

私は背中を撫でる手に意識を集中した。

「大丈夫です。あわてる必要はありません」

初めて老人は私の方を振り向き、笑みを返した。

太い毛並みなのに肌を突き刺す不快な感じはなく、むしろ掌に吸い付いてくるようだった。撫でれば撫でるほど、シダの匂いが濃く立ち上った。

虎は耳を伏せ、舌を出した。口元から唾液がこぼれた。残されたわずかな力で頭を地面にこすりつけ、老人にもっと身体を寄せようとした。

「ああ、よしよし」

老人は両腕を首に回し頬ずりした。

風が吹き、バラの花を揺らした。芝生の上を何か小さな虫が跳ねていた。時折、噴水のしぶきが私たちに飛び散った。

「お邪魔じゃないでしょうか」

彼らにとってとても大事な瞬間に、自分が立ち会おうとしているのに気づいた。

「どうしてそんなことをおっしゃるんです」

半ば非難するように老人は言った。

「私たちのそばにいて下さい。あなたが必要なのです」

そしてすぐ慈しみに満ちた表情に戻った。虎を見守るのと同じ目だった。

どんどん虎の呼吸は不規則になっていった。息を吐き出すたび、喉がうねった。喉の裏側も、くっきりとした黄色と黒の模様に彩られていた。舌が渇き、牙がカチカチと鳴った。後ろ脚が引き付けを起こした。私は懸命に背中を撫でた。それ以外、自分にできることはなかった。

老人は頭を抱き、頰をすり寄せたまま動かなかった。虎が目を開いた。真っ黒な瞳で老人を探し、そこに間違いなく老人がいることを確かめ、安心してまた目蓋を閉じた。

彼らの身体は一続きになっていた。頰と顎、胸と首、掌と脚、蝶ネクタイと毛皮の模様……、すべてが一つの輪郭に溶け合っていた。どこにも境目がなかった。

空の果てに響かせるように、一声虎が吠えた。その余韻が消えてゆくのと同じように、私の掌に当たる温もりも消えていった。牙の鳴る音が止み、最後の息が吐き出された。ゆっくりと私たちの上に、静けさが舞い降りてきた。

死んだ虎をいつまでも老人は抱き締めていた。彼らの静けさを邪魔しないよう、私はそっと立ち上がり、中庭を出ていった。

車にキーを差し込み、しばらく自分の掌を眺めていた。それが成した役割を、もう一度思い出そうとした。私はキーを回した。
橋を埋め尽くしていたトマトは、どこかへ姿を消していた。

トマトと満月

　フロントで101号室の鍵を受け取り、部屋の扉を開けると、中に犬を連れた見知らぬおばさんがいた。背筋を伸ばし、両手を膝の上にのせ、ソファーの真ん中に座っていた。

「失礼」

　慌てて僕は扉を閉め、部屋のプレート番号と鍵を確かめた。何度見直しても、そこは101号室だった。

「あの、もしかして、部屋をお間違いじゃないですか」

　慎重に僕は言った。

　おばさんは驚きもしなかったし、申し訳なさそうにもしなかった。ただ、犬の頭を撫でただけだった。犬は黒いラブラドールで、ソファーの足元に行儀よく寝そべっていた。

「あなたは、どちらさま?」

　歳のわりに少女っぽい声だったので、僕の方がうろたえた。

「たった今、この部屋にチェックインした者です」

「私もです」

落着き払って彼女は答えた。

「ホテル側の手違いかもしれませんね。フロントへ電話してみましょう。鍵を見せていただけませんか」

「鍵？」

まるでそれが難解な医学用語ででもあるかのように、彼女は首をかしげ、宙に視線を漂わせた。

「そうです」

僕は少しイライラしはじめていた。締切に追われて昨夜は寝ていなかったし、途中渋滞に巻き込まれてすっかりくたびれてしまった。一刻も早くシャワーを浴び、一眠りしたい気分だった。

「101号室の鍵です」

「ああ、そうだったわね。ごめんなさい。私も今それを探しているところなの。そのあたりに置いたはずなんだけど、見当たらなくて……」

彼女はドレッサーの方を指差したが、動く気配はなかった。人形のようにずっと同じ姿勢で腰掛けたままだった。犬が欠伸をし、尻尾の向きを変えた。

そう、確かに人形に似ていた。小柄で、色白で、髪を真っすぐおかっぱに切り揃えていた。手首や指やふくらはぎはあまりにも細く、何か特別な材料でこしらえてある物のように見えた。

「どうやってここへ入ったんです?」

僕は尋ねた。

「テラスからよ」

今度は窓を指差した。

よく晴れて眩しかった。芝生の庭はスプリンクラーの水に濡れ、キラキラ光っていた。その向こうのプールからは子供たちの歓声が聞こえ、さらにその向こうには波のない海が見えた。テラスのデッキチェアに小鳥が止まり、すぐにまた飛び去っていった。

「窓が開いたままになっていて、そよ風が吹き込んで、とっても気持よさそうだったから、玄関へ回るのが面倒になっちゃったの。テラスから入った方が簡単でしょ?」

彼女は微笑んだ。

「ええ、そうですね。でも、お部屋を間違われたようですよ。ここは僕の部屋です」

わざと乱暴に、僕はボストンバッグをベッドへ放り投げた。

「あら、まあ大変。ごめんなさいね。すぐにおいとまするわ」

シルクのストールでくるんだ荷物を脇に抱え、犬のリードを引っ張り、ようやくおばさんは立ち上がった。立ち上がると余計、その小ささが目立った。犬は一度身震いし、彼女の左足に寄り添った。

どうぞ、と僕が扉を開ける間もなく、おばさんとラブラドールはテラスを通り抜け、外へ出ていった。足音もテラスの板が軋む気配もしなかった。やがて彼女たちは光に紛れ、見えなくなった。ソファーの下に、犬の黒い毛が数本だけ残っていた。

次の日朝早く岬の先まで車を走らせ、日の出の写真を撮り、魚市場を取材して、ホテルの駐車場まで戻ってきた時、またおばさんに会った。

脇にストールの包みをはさみ、反対の手には何か果物が山盛りになった籠を提げて調理場の裏口に立っていた。かたわらにはやはり黒い犬が控えていた。

僕は車を止め、地図を折り畳んでダッシュボードにしまった。そのままそ知らぬ振りをして駐車場を横切ろうとした。

実際、知らない相手なのだし、目でも合えばもちろん会釈くらいはするだろうが、それ以上何の関わりもないのだ。悪いのは向こうなのだから、こっちからわざわざ声を掛ける必要などないのだ。と、僕は自分に言い聞かせた。

なのになぜか、知らず知らずのうちに彼女から視線が外せなくなり、車の陰に隠れて様子をうかがっていた。リゾートホテルでバカンスを楽しむ客にしては、どこか風変わりで、もしかしたら取材のネタになるかもしれないという計算が働いたからだろうか。それとも、思わず「どうしたんだ」、と話し掛けたくなるくらい、犬の目がはかなげだったからかもしれない。

「いいんですのよ。どうぞご遠慮なさらないで下さい」

調理場のコックらしい男に向かって彼女はそう繰り返し、山盛りの籠を男に渡そうとしていた。

「私どもの農園で有機栽培したものですの。とびきり上等のトマトです。こんなにたくさん採れてしまって困っているくらいなんです。こちらでお役に立てていただければ、ありがたいですわ」

トマトなのか、と僕は思った。コックは困惑の表情を浮かべ、籠を受け取ろうかどうしようか迷うように、両手をぎこちなく持ち上げていた。それでもおかまいなしに、彼女は男の胸にトマトをぐいぐい押し付けていた。

ありがたくというよりは、半ば彼女を追い返すため仕方なくといった感じで、ようやくコックはトマトを受け取った。

「どうぞ、お気になさらないでね。いくらでもあるんですから。ほんのちょっとした気持です。申し訳ないなんて、お思いにならなくても結構なんです」

彼女は満足そうな笑みを浮かべていた。そして犬を連れ、車の間を縫って海岸の方へ歩いていった。僕にはちらりとも視線を向けなかった。


ダイニングは込み合っていた。ほとんどが家族連れか、若いグループだった。子供のはしゃぐ声と、食器のぶつかる音が満ちていた。よく磨き込まれた窓には、一面海が映っていた。

天井は吹き抜けで、貝殻の形をしたシャンデリアが下がっていた。絨毯とテーブルクロスはお揃いのブルーだった。ビーチサンダルからこぼれ落ちた砂が、所々に散らばっていた。

僕は柱の裏側に隠れた小さな丸テーブルに案内された。コーヒーとトーストを二枚、ベーコンを添えたオムレツ、それにグリーンサラダを注文した。トーストはちょうどいい焼き加減で、まだ十分に温かかった。ベーコンの脂の具合も、コーヒーの香りも申し分なかった。なのにオムレツは妙に水っぽかった。トマトが入っているせいだった。プレーンオムレツを頼んだはずなのに、なぜかたっぷりとトマトのみじん切りが入っていた。サラダの中もトマトだらけだった。

さっきあのおばさんが差し入れていたトマトだろうか。

そう思いながらオムレツを飲み込んだ瞬間だった。

「こちらのお席、空いているかしら」

どこからともなくおばさんが現われた。親愛と自信に満ちた微笑みをたたえ、ストールの包みを胸に抱き、犬のリードを手首に巻き付けていた。

あまりに不意のことで、僕はオムレツを喉に詰まらせ、返事もできないまま咳き込んだ。

おばさんは正面に腰掛け、包みを膝の上にのせた。

「お水を飲んだ方がよろしいわね」

彼女はコップの水をこちらへ滑らせた。僕は言われる通りにした。

「昨日は失礼しました」

彼女は言った。犬がテーブルの下に潜り込んだ。

「いいえ、いいんです」

オムレツを食べる手を休めずに、僕は答えた。

「ご気分を悪くなさったんじゃありません？」

「誰にでもある間違いです」

「そう言っていただければ、私も気が楽ですわ」

ここで会話が途切れた。僕には話すことなど何もなかった。沈黙をやり過ごすため、リラダを口に押し込めた。彼女はそんな僕の様子をじっと眺めていた。

シュガーポットをいじる指先はか細く、ほんの少し強く握ったら、あっけなく砕けてしまいそうだった。ブラウスの上からでも肩の骨張った感じがうかがえた。衿元からは鎖骨がのぞいていた。

「こちらには休暇で？」

再びおばさんは口を開いた。

「いいえ。仕事です」

「あら、どんな？」

「女性雑誌にこのホテルの紹介記事を書くんです」

「まあ、素敵じゃない」

食べても食べても、サラダのトマトは減らなかった。いい加減うんざりしてきた。おばさんはシュガーポットを撫で回したあと、紙ナプキンを小さく折り畳み、またそれを元に戻した。

「注文を取りに来ませんね」

僕は言った。

「いいんです。どうぞ私のことは構わないで下さい」

おばさんは答えた。ナプキンを畳みながらも、僕から視線をそらさなかった。

「ウエイターを呼びましょう」

僕が合図を送ろうとすると、身を乗り出してさえぎった。

「いいんです、ってば。朝ご飯なんて、食べなくても平気です」

わずかに触れた指の感触が冷たかった。仕方なく僕はまたサラダに神経を集中させた。

「そのトマト、美味しいでしょ？」

僕はうなずいた。

ふ、ふ、ふ、とおばさんは笑った。

「私がホテルに差し上げたトマトなの」

オムレツもまだ半分残っていた。どろりとした黄身にまみれ、トマトはぐったりしていた。

「知っています」

早くこれを平らげて、僕は席を立とうとした。ほとんど噛みもしないで飲み込んだ。

「拾ったの」

おばさんは言った。

「昨日、橋の上に落ちていたのを拾ったの」

僕はよく聞き取れない振りをして、とにかく食事を続けた。ナイフと皿がぶつかって耳障りな音がした。

「居眠り運転のトラックが横転して、荷物が全部散らばって、橋の上は一面トマト。見事な眺めだったわ。あの風景を目の当たりにしたら、誰だって拾わずにはいられないはずよ。運転手はぺちゃんこになった運転席にはさまれて即死よ。腰骨も肺も脳味噌も潰れてたの。ピューレにされたトマトみたいに」

ようやく最後の一口になったオムレツを飲み込み、僕はナイフとフォークを置いた。皺だらけになった紙ナプキンで口元を拭い、それを丸めてテーブルの真ん中に転がした。

「それではどうも、お邪魔しました。失礼します」

彼女は礼儀正しく会釈し、混雑したダイニングルームをすうっと通り抜けていった。結局、ウエイターは注文を取りに来なかった。

午前中、副支配人に案内され、客室の写真を三種類撮った。スタンダードとデラックスとスイートだった。浴室、ベランダ、クローゼット、シャンプーセット、スリッパ、冷蔵庫。思いつくかぎり、ありとあらゆる写真を撮った。僕のそばで副支配人は、このホテルがいかに快適で豪華で美しいかについて、休みなく喋り続けていた。

午後の取材場所はビーチだった。イルカの形をした看板に、水色のペンキで〝ドルソインビーチ〟と書いてあった。

砂浜にはパラソルと軽食スタンドと簡易シャワーが並び、入江の東側は岬に続いていた。

栈橋に遊覧船が横付けされていた。

「イルカを見学する遊覧船は、次いつ出航します?」

かき氷を売っている若い女に僕は尋ねた。

「えっ?」

と、女は聞き返した。僕がひどく的外れな質問をしたかのような、面倒そうな表情をした。

「イルカの遊覧船です」

僕は声を大きくして繰り返した。

「沖合に網を張って飼育している、イルカです。ほら、パンフレットにも載ってる……」

「死んだわ」

氷にレモンイエローの蜜を振り掛けながら、女は答えた。

「死んだのよ。三頭とも」

僕はため息をつき、機材の入った重いショルダーバッグを持ち上げた。

〝ドルフィン号〟と書かれた遊覧船の文字は、ドの点々と、小さいイと、号の下半分が消えかけ、栈橋と船をつなぐ鎖には海藻が絡みついていた。

バーで二杯ウィスキーを飲んだあと、ホテルの裏手を散歩した。とろけてしたたり落ちてきそうな、金色の満月が出ていた。

テニスコートにもアーチェリー場にも人影はなかった。受付の窓にはカーテンが下り、夜間照明は消され、誰かが忘れていったらしい汚れたリストバンドが一つ、落ちているだけだった。

パットゴルフの芝生を横切り、葡萄の果樹園になっている丘を登った。月のおかげで足元はぼんやり明るかった。風はなかったが、昼間の暑さは和らいでいた。

頂上には小さな木のベンチと、壊れた望遠鏡と、温室があった。僕はベンチに腰掛けた。夜の海はもう眠りについているように見えた。誰一人、泳いでいる人はいなかった。

微かに草を踏む足音が聞こえた。衣擦れの音がし、金具がカチカチと鳴った。振り向かなくても、僕にはそれが誰なのか分かった。

「こんばんは」

おばさんは言った。

「こんばんは」

僕は答えた。ほとんど空いたスペースはなかったはずなのに、おばさんは隣に腰掛けた。肩をすぼめるでもなく、僕を押しやるわけでもなく、小さなすき間に身体をすっぽり収めていた。足元の犬も、膝の上の包みもいつも通りだった。

「お仕事はうまくいきました？」

「ええ、まあまあです」

「ホテルの紹介記事って、例えばどんなふうに書くんです？」

おばさんは首を傾け、僕をのぞき込んだ。質素で特徴のないブラウスとスカート姿だった。身を飾るアクセサリーは何一つ見当たらず、ただ犬の赤いリードがブレスレットのように手首に巻き付いているだけだった。頬は白く透き通り、目尻には皺が目立った。爪先をきちんと揃え、包みが落ちないよう両手でしっかり支えていた。

「一歩ここへ足を踏み入れれば、あなたはもう楽園の気分を味わうことができます。地中海をイメージした客室はもちろん全室オーシャンヴュー、バルコニー付き。ホテルマンたちが親しみに満ちた笑顔で迎えてくれます。石けん一個、バスタオル一枚にいたるまで、品質にこだわり、どんなサービスにも丁寧さがこもっています。ビーチまでは歩いて三十秒。波は穏やかで、子供連れでも安心して楽しめます。沖合で飼育しているイルカと一緒に泳ぐこともできます。……こんな感じですよ。どこのホテルだってたいてい同じなんです。もっとも、イルカは死んじゃったみたいですけど」

僕は足元の土を靴の先でつついた。ラブラドールがくしゃみをした。黒い毛が闇に溶け込んでいた。

「ええ、知っているわ。伝染病に罹ったのよ。肺に寄生虫がわいたの」

彼女は海の方に目をやった。月明かりが横顔を照らしていた。

会話が途切れると波の音がした。それは空の遠いところから響いてくるようだった。

「どうして僕に、話し掛けてきたんです？」

そう言ったあと、あまりにも率直すぎる質問のような気がして、僕はどぎまぎした。

「迷惑だったかしら」

「いいえ。そういう意味じゃありません」

僕は首を横に振った。

「私の命の恩人に、とてもよく似ていたからよ」

彼女は髪を耳に掛けた。真っ白で薄っぺらな耳だった。

「三十年近く昔の話よ。雪の日に道に迷って、どうしようもなくなったの。あたりを見回してもただ雪が見えるばかりで、何の目印もない。今日みたいに、しんとした夜だった。もし今、ここで雪が降りだしたとしたら、きっと三十年前と同じ夜がよみがえるわ」

本当に雪を待つかのように、彼女は夜空を見上げた。でもそこにはただ満月と星が瞬いているだけだった。

「私一人だったら、じたばたしなかったと思う。たぶん静かに死んでいったでしょうね。たいした後悔もなく。でもその時は一人じゃなかったの。子供が一緒だったの。可愛い利発な、十歳の男の子よ。だから死ねなかったの。どうしてもそこから脱出する必要があったのよ」

「ええ、分かるような気がします」

「あなた、お子さんは？」

「います。十歳の息子が」

「まあ、偶然ね」

「でも、三つの時別れたきり、会っていないんです。離婚した妻が許してくれなくて」

「そう……」

　しばらく僕たちは黙って海の音に耳を澄ませた。

「動物園からの帰りだったわ。寒すぎてお客なんて誰もいなかった。私たち二人きりよ。あの子が着てたオーバーの形とか、手袋の模様とか、全部思い出せるわ。キリンの首はどうしてあんなに長いの？　理不尽だよ、って言ったのよ、あの子。たった十歳で、理不尽なんて言葉が使えたの」

「賢いですね」

「ええ。私にとって、自慢の少年だった。雪はどんどんひどくなっていったわ。お腹が空いて、足が動かなくなって、めまいがしてきた。でもあの子は泣かなかった。ぎゅっと私の手を握って、まっすぐ前を向いてた。この世で一番大事なものだけは失うまいとするみたいに、ぎゅっとね」

　まだそこに残っている子供の感触をよみがえらせようとするように、彼女は自分の掌を見つめた。

「その時よ。暗闇の向こうから、一台車が走ってきたの。犬一匹通っていなかった道に、突然、何の前触れもなくよ。そして私たちの前に停まったの。あらかじめそう決められていたみたいに、すーっと。

『お宅までお送りしましょう』

　運転席の男は言ったわ。あなたみたいな、礼儀正しい声でね」

「本当に、僕に似てたんですか」

「そっくりよ。昨日、１０１号室で会った瞬間、そう思ったの。髪型、目の雰囲気、鼻から顎にかけてのライン……。どこもかしこも、そっくりなの」

　彼女は僕の横顔を指でなぞった。僕はじっとされるがままにしていた。冷たくか細い指先だった。それはいつまでも離れようとしなかった。

　その夜、僕は夢を見た。イルカの肺の中で、寄生虫がうごめいている夢だった。寄生虫は互いに絡みあいながら、つるつるした肺の壁に頭を埋め込もうとしていた。イルカが空気を吸い込むたび、寄生虫の細長い身体がいっせいに揺らめいた。その動きがおばさんの指の感触に似ていた。肺の壁からにじみ出た血が、あたりを染めた。


　プールの水は冷たくて気持ち良かった。今日はこの夏最高の暑さになると、さっきラジオのニュースで言っていた。

　ダイニングのテラスにはパン屑を狙って小鳥たちが集まっていた。海岸にはそろそろパラソルが開きはじめていた。

　僕はクロールでゆっくりとプールを往復した。底にブルーのイルカの絵が描かれているせいで、水も同じ色に染まって見えた。

　息継ぎをするたび、昨日登った丘の頂上の温室が目に入った。ガラスに朝日が反射して眩しかった。

これで何回めのターンだろう。四百メートルまで数えたところで分からなくなった。とにかく、へとへとになるまで泳ぎたかった。イルカは尾びれをピンと立て、丸い目を見開いて僕のことを見ていた。底に散らばったまだ溶けきらない消毒用の錠剤から、小さな泡が立ち上っていた。

プールサイドにつかまり、顔を水から出したとたん、拍手が聞こえた。

「お上手ね。このまま永遠に泳ぎ続けるのかと思ったわ」

デッキチェアの上からおばさんが手を振っていた。

「クロール以外には何ができるの？」

おばさんと犬がいるパラソルの下だけ、影の色が濃い気がした。飲み物をお盆に載せたウエイターが、僕たちの間を横切っていった。おばさんは昨日と同じブラウスとスカートを着ていた。

僕は今度は平泳ぎで三往復し、背泳ぎで二往復した。一段と拍手が大きくなった。ラブラドールまでが感心したような表情をしていた。

「素晴らしいわ。オリンピック選手みたいじゃない」

浮き輪につかまってはしゃいでいる子供も、日焼け止めクリームを身体に塗り付けているビキニの女も、デッキチェアに寝そべって新聞を読んでいる男も、誰も僕たちのことなど気に留めていなかった。僕の泳ぎを誉めてくれるのは、おばさんと犬だけだった。

「あと残っているのはバタフライね。バタフライはちょっと、難しすぎるんじゃないかしら」

「平気ですよ」

犬をもっともっと感心させたくて、僕はバタフライをやってみせた。しぶきが舞い上がり、浮き輪の子供が隅によけた。やはり息継ぎの時、温室が見えた。人々のざわめきが響き、水に潜るとそれが消えた。消毒剤はどんどん小さくなっていった。

「ブラボー、ブラボー」

おばさんは立ち上がり、足を踏み鳴らし、口笛まで吹いた。それに調子を合わせるように、犬は尻尾を振った。


別館の一階、中庭に面した西の端は図書室になっていた。ソファーとライティングデスクとロッキングチェアがバランスよく配置され、壁に沿って天井まで届く立派な本棚がしつらえてあった。

どれも古い本ばかりだった。文学全集、詩集、植物図鑑、絵本、アメリカ風田舎料理の作り方、十三世紀の黒魔術、ビジネス英語の活用辞典……。あるものは綴《と》じ糸がほころび、あるものは背表紙の文字が消えていた。

「顎を引いて、もう少し左に顔を向けて下さい」

僕は言った。

「私、おかしくないかしら。一応髪は櫛でといてきたんだけど」

おばさんは心配そうに言いながらも、わくわくした気持を抑えきれない様子で髪の毛をいじった。

「ええ、大丈夫ですよ。立派なモデルです」

僕はカメラのシャッターを押した。

プールはあんなににぎわっていたのに、図書室は静かだった。ここで本を読もうとする客は一人もあらわれなかった。

天窓からの光がちょうどおばさんの足元に差し込み、犬の背中を明るくしていた。時折風が吹き込んでレースのカーテンを揺らした。犬はおとなしく、どんな時でもおばさんに付き従い、まるで彼女の身体の一部であるかのようだった。

「緊張しなくていいんです。ごく自然に、本を読んでいてくれれば」

僕の注文におばさんは素直に応じた。

〝午後のひととき、図書室で静かに過ごすのも、また優雅です〟

そんな文句を考えながら僕は写真を撮った。ここには何冊くらい蔵書があるんだろう。あとで副支配人に確かめておこう。

「すみません。その包みなんですけど、ちょっとよけておいてくれませんか。どうも気になるんです」

本を開きながらも、彼女は相変わらずストールでくるんだ荷物を膝に抱えていた。

「これは駄目なんです」

彼女は首を横に振った。

「預かっておきますよ」

僕が手をのばそうとすると、あわてて彼女はそれを抱き締め、背中を向けた。初めてラブラドールが吠えた。

「すみません」

僕は謝った。

「いいのよ」

その鳴き声は天窓にぶつかり、図書室の空気をいつまでも震わせていた。

「撮影を続けましょう。あともう少しで終わりです。お疲れじゃありませんか」

「もう終わりなの？　名残惜しいわね」

再びおばさんはポーズをとった。ファインダーの中で、おばさんはますます小さくなってゆくようだった。


「どうして皆、ここへ来ないのかしら」

「さあ。静かすぎるのが嫌なんでしょう」

「こんな立派な図書室なのに……」

「ラウンジから飲み物でも運んでもらいましょうか」

「いいえ。気にしないで。もう少しこのままでいましょう」

中庭の木立をすり抜けてくる日差しが、床にレースの模様を描いていた。息を深く吸い込むと、古い紙の匂いがした。いつの間にかラブラドールは眠りに落ちていた。

「車の中はとっても暖かかったの」

迷子になった話の続きだと、僕はすぐに分かった。

「ソファーは柔らかくて、ラジオからは何か優しい音楽が流れていたわ。窓の外では相変わらず雪が降り続いているっていうのに、車の中は別世界だった。私と息子のためだけに用意された、特別な世界よ」

「よほど乗り心地のいい車だったんですね」

「そうよ。ようやく息子も安心して、握っていた手を離して、遠慮気味にドアロックのボタンを撫でたり、革のクッションの匂いをかいだり、窓の曇りを拭ったりしはじめたの。自家用車なんてまだ珍しい時代だったのよ」

「で、僕に似た男は何者だったんです？」

「分からないわ」

残念でならないというふうに、おばさんはうな垂れた。

「お礼をしようとして名前を尋ねたんだけど、答えてくれなかったの。職業も、住所も、何の用事でこれからどこへ行くのかも。でも、あなたにそっくりだってことは間違いない。指の表情まで似ている。後部座席からずっと、ハンドルを握った彼の手を見つめていたから、今でもはっきり覚えているの」

僕はフィルムケースに載せた自分の手を見やった。何の変哲もないただの手だった。

風の向きが変わると、微かにプールのざわめきが聞こえた。でもただの、空耳だったかもしれない。部屋を取り囲む本たちは静けさの壁となり、僕たちを外の雑音から守ってくれていた。

「その頭のいい息子さんは、今何をしていらっしゃるんですか？」

僕は尋ねた。

「十二の時別れて以来、一度も会っていないわ」

包みの結び目をいじりながら、おばさんは答えた。いつも持ち歩いているためか、手垢がつき、所々擦り切れていた。

「本当の私の子供じゃなかったの。主人だった人の、連れ子よ。私は一度も子供を生んだことなんてないわ」

ラブラドールが薄目を開き、後ろ足で首の下を掻いた。首輪とリードをつなぐ金具が鳴った。やがて、また眠りが訪れた。

「ちょうど、あなたと同じくらいの歳になっているはずだわ」

「僕はあなたの恩人であり、息子だ」

「ええ、その通りよ」

おばさんが微笑むと顔中に皺が寄り、半分悲しんでいるように見えた。

朝張り切って泳ぎすぎたせいで、身体がだるくなってきた。このままじっとしていると、僕まで眠ってしまいそうだった。

「その包みには、何が入っているんですか。よほど大事なものなんでしょうね」

ずっと気になっていた質問を、ようやく僕は口にした。

「原稿です」

おばさんはまたそれを胸に抱き寄せた。

「大丈夫です。決して取り上げたりしませんから」

「少しも油断がならないのよ。用心にも用心を心掛けているの」

「原稿って、どんな?」

「小説の原稿。私は作家なの。これが盗まれたらもう取り返しがつかないでしょ。だからこうしていつも持ち歩いているの」

「そうだったんですか。それは大事にしなくちゃ……」

「あなただってものを書いている人間なんだから、分かってくれるはずよね」

「もちろんです。もっとも、僕の原稿なんて誰が書いてもそう大差はないんですけど。じゃあ、こちらへは執筆のために?」

「まあ、そんなものかしら」

中庭で蟬が鳴きだしたが、すぐに止んだ。天窓からの光が少しずつ部屋の端に移動していた。犬の背中は影に沈んでいた。

「仕事部屋を留守にすると、すぐに泥棒が入るの。原稿を盗んでゆくのよ」

おばさんは話を続けた。

「本当に？」

「ええ、本当よ。すぐそこのスーパーで買物をして帰ってみると、電気スタンドの位置がずれてる。原稿用紙の端がめくれてる。次の日、犬の散歩から戻った時は、消しゴムが床に落ちてて、吸い取り紙が一枚なくなってた。それから外出から戻るたびに、何かしら人の気配が残っていたの。気味が悪かったわ。でもピンときたのよ。これはただの泥棒じゃない。私の小説を盗みに来たんだってね」

　おばさんはだんだん早口になり、それに合わせて結び目を触る指先の動きも激しくなってきた。しかしよほどきつく縛ってあるのだろう。包みが解ける気配はなかった。

「しばらくして案の定、あの眼鏡をかけた猫背の女が、私の書いていたのとそっくり同じ小説を出したのよ。ストーリーも登場人物の性格も題名までもが同じなの。ひどすぎるでしょ？」

　僕は黙ってうなずいた。

「あの女、自分が書いた振りして、図々しくもインタビューに答えてたわ。『これまで私が築いてきた世界を全部壊すことからはじめました』なんて言ってたのよ」

　憎々しげに彼女は舌打ちした。一瞬だけ、唇の間から舌がのぞいた。びくっとするほど赤かった。昨日食べたトマトを思い出した。

「だからこうして、原稿はいつも持ち歩くようにしているの。いつどこで、誰に狙われるかもしれないから。今ちょうど八百枚まで書いたところなの。あと二百枚で完成よ」

おばさんは包みに頬ずりした。あまりにひどく垢が染みついているせいで、元々何色のストールだったのか見分けがつかなくなっていた。絹の柔らかさはとっくに失われ、ほつれた糸が何本も垂れ下がり、おばさんの身体と触れるたびガサガサと音を立てた。

「ここに、あなたの本はありますか？」

包みから目をそらし、僕は言った。

「ええ、あります」

おばさんは立ち上がり、迷いなく、本棚の真ん中あたりから一冊の本を取り出した。

『洋菓子屋の午後』……」

僕は題名をつぶやいた。包みと同じくらいみすぼらしい本だった。薄っぺらで、表紙は反り返り、あちこち虫が喰っていた。

「どうにか泥棒の手から逃れることのできた私の小説」

自慢げにおばさんは胸を張った。

七時半まで部屋で記事を書き、編集長と電話で打ち合せをしたあと、ダイニングに降りて夕食をとった。ブイヤベースと蕪のサラダとビールを頼んだ。

テラスでは家族連れがバーベキューを食べていた。風もないのにプールの水面が揺れていた。

おばさんがあらわれるかもしれないと思って、海が見える方の席を空けておいた。犬が落ち着けるように、いらない椅子はよけておいた。

サラダにはもうトマトは入っていなかった。ビールをお代わりし、ブイヤベースのスープを最後の一すくいまで飲んだ。なのにおばさんは姿を見せなかった。

夜、『洋菓子屋の午後』を読んだ。息子を亡くした女性が、命日に洋菓子屋へケーキを買いに行く話だった。ただそれだけの話だった。僕はそれを二回繰り返して読んだ。本当は記事の続きを書かなければならないのに、気がつくともう夜中の三時を過ぎていた。

特別癖のない文体だった。奇抜な人物も目新しい場面も出てこなかった。ただ、言葉の底にひんやりとしたさざ波が立っているような物語だった。それはひとときも休むことなく、さわさわと僕の胸を浸した。

裏表紙を開くと、著者の顔写真と略歴が載っていた。生年月日、学歴、主な作品、そして、一九九七年没。

僕はもう一度顔写真を見た。眼鏡をかけた猫背の女だった。おばさんとは少しも似ていなかった。

ベッドに入る前、財布から息子の写真を取り出した。三歳の誕生日にケーキの前で撮った写真だ。僕が写したのだ。息子はプレゼントの怪獣の人形を手に持ち、ろうそくを吹き消そうとして唇をすぼめている。

写真は角がすり減っていた。新しい写真が増えることはもうないはずだった。

「今度の誕生日で十一だ」

誰も返事をしなかった。彼はただろうそくを吹き消すのに夢中だった。

僕はいつでも息子の歳を正しく答えることができた。でもそんなことは、何の役にも立たなかった。


「最初は背泳ぎがいいわ」

デッキチェアからおばさんが叫んだ。

プールから僕は答えた。

「OK」

昨日と同じくらいよく晴れていた。雲のかけらも見当たらなかった。おばさんは手を振ったが、包みからは手を離さなかった。

本当は背泳ぎは得意ではないのだが、どうにか百メートル泳いだ。

「顎がぎゅっと引き締まってるところが素敵ね」

まわりにいる客のことなど気にせず、おばさんは大きな声を出した。もっとも、皆僕たちのことなど無視していた。前脚に頭を載せ、ラブラドールも僕の泳ぎに見入っていた。どうやったらあんなふうな格好で泳げるんだろう、と考え込んでいるかのようだった。

「次は平泳ぎよ。四百メートル」

「四百も?」

「平気よ。ターンするところをできるだけたくさん見たいの」

日差しがプールの底でもきらめいていた。いくつものか細い足、浮き輪、ゴーグルが僕の前を横切っていった。五十、七十五、百二十五、二百……。ターンするたび、僕は二十五ずつ足し算していった。

「四百」

僕はプールサイドにもたれ掛かり、肩で息をした。

「すごい、すごいわ」

おばさんは拍手をした。いつまでも止まない拍手だった。小さな手なのに、あたり一面、プールの底まで響く音を出すことができた。彼女とラブラドールのために、自分が貴重な何かを施しているような錯覚に陥った。

「最後は私の一番好きなあれをお願い。バタフライよ。バタフライ」

しぶきが上がるから、犬はもっと喜ぶだろう。おばさんは昨日みたいに、ブラボーなんて大げさに叫ぶに違いない。午前中は水族館を取材して、それでおしまいだ。おばさんを誘って一緒に行ってもいい。ジュゴンのいる水族館なのだ。イルカみたいに死んでいなければいいけど。

僕は顔を上げた。どう？　やったよ、と手を振ろうとして言葉を飲み込んだ。

おばさんはいなかった。デッキチェアは空になり、ラブラドールもいなくなっていた。僕はあたりを見回した。どこにも姿は見えなかった。

水族館の取材はすぐにすんだ。ジュゴンはちゃんと生きていた。レタスの塊を食べていた。

十二時にはホテルをチェックアウトし、明日中に原稿を編集部へ送らなければいけなかった。部屋でフィルムの整理をし、荷物をまとめた。ソファーの下の黒い毛は、とっくに掃除機で吸い込まれていた。

「中年の女性なんです。小柄でおかっぱ頭で、これくらいの包みを抱えた……」

僕は説明した。フロントマンは考え込んでいた。

「そうだ。犬を連れてる。黒い犬」

「ああ、あのお客さま」

ようやくフロントマンはうなずいた。

「今朝、チェックアウトなさいました」

「えっ？　本当に？」

「はい。間違いございません」

どうしてさよならの挨拶もしないまま行ってしまったのだろう。どうしてブラボーって誉めてくれなかったんだろう。

僕は駐車場で荷物を車に詰め込んだ。もう一度だけプールをのぞいてみた。相変わらず混雑していた。プールサイドにはすき間なくパラソルが開き、飲み物を運ぶウエイターが忙しげに歩き回っていた。

一つだけ、空いたデッキチェアがあった。朝、おばさんが座っていたデッキチェアだ。真ん中に、例の包みが取り残されていた。おばさんから引き離され、心細く怯えているように見えた。

僕はそれに手をのばした。結び目を解くと、原稿用紙の束が出てきた。全部、白紙だった。

毒草

彼と初めて会ったのは、あるチャリティーコンサートのパーティーでだった。ちょうど少年少女合唱隊がアンコールの曲を歌っていた。ブラームスの『眠りの精』だった。

「シャンパンのお代わりをお持ちしましょうか」

彼は私の手から空になったグラスを取り、こちらを見やった。

借り物らしい白いスーツはぎこちなく、ほっそりした身体つきにはまだ少年の匂いが残っていた。

「素敵な声ね」

お代わりがいるかどうか尋ねられているというのに、どうしてそんな無関係な言葉を口にしているのか、自分でも不思議だった。

「あなたも合唱隊で歌うべきだわ」

「ありがとうございます。でも僕はもう声変わりしてしまったので、合唱隊からは卒業しました」

礼儀正しい態度で彼は答えた。

意志の強さと慎み深さをあわせ持った声だった。かつて一度も耳にしたことのない種類の声だと確信できた。

「それは残念だわ。まだ十分紺色のベレー帽が似合う年頃に見えるのに」

はにかむように彼はうつむいた。

「音楽の勉強は続けているの？」

「はい。音楽大学へ進もうと思っています」

「専攻は声楽？」

「いいえ。作曲です」

「なぜ？　とてもいい声をしているのに」

「そんなふうに誉めていただいたのは、今日が初めてです」

出番を終えた合唱隊の子供たちは、台を下りてカーテンの向こうへ姿を消した。みんな澄ました顔をし、お行儀よく振る舞っていた。一人、ベレー帽がずり落ちそうになっている男の子だけが、頭を気にして肩をもぞもぞ動かしていた。

「それで、いかがなさいますか？」

うつむいたまま、彼は空のグラスに視線を移した。

グラスを握る手は大人の表情を持っていた。隅々にまで力がみなぎり、しなやかで、大きかった。

「もう一杯、いただけますか？」

私は言った。

本当はもうシャンパンなど欲しくなかった。けれど彼がもう一度私のところへ戻ってこれるよう、そう言った。

チャリティーコンサートの主催者は地元の銀行家で、以前から私の絵を何枚か買ってくれていた。その銀行家を通し、パーティーで出会った彼への奨学金援助の話をまとめた。

彼はレッスン料を捻出するため、かなり無理なアルバイトをしていた。中には音楽と無関係の、美容院のカットモデルや、運送会社の配達助手や、製薬会社での試験管洗浄などの仕事も含まれていた。

言ってしまえば私たちは契約を結んだのだ。もっとも彼にはそんな意識はなかっただろうけれど。彼はただ私の申し出を素直に受け入れ、自分に与えられた〝課題〟をこなしただけだ。そしてもちろん、感謝することも忘れはしなかった。

音楽大学受験に必要なレッスンが十分受けられるだけの奨学金を支給する代わりに、すべてのアルバイトをやめること。二週間に一度、土曜の夜に私の家で夕食を食べ、学業の様子について報告すること。これが、私の出した条件だった。

自分の企みが高慢すぎはしないかと、時々心配になった。しかし、ためらっている暇はなかった。あっという間に彼は、手だけでなく身体中あちこち全部が大人になってしまうだろうし、私はシャンパンなど飲めないくらいに老いてしまうだろうから。

初めて彼が私の家を訪ねてきた時のことはよく覚えている。木枯らしが吹く寒い夜だった。

「すばらしいお家ですね」

部屋を見回して、彼はそう言ったのだ。社交辞令などではなく、心から感心したというふうな口調だった。コールテンのズボンに、暖かそうなダッフルコートを着ていた。

「さあ、どこでもお好きなところに座って」

二人きりの場所で彼の声を聞けることに、私はまだ慣れていなかった。パーティー会場のざわめきの中で耳にしたあの響きが、間違いなく今ここにあると思うと、安堵より戸惑いの方が大きかった。

彼はソファーの隅に腰掛けた。両手を膝の上で組み、無防備な微笑みを浮かべ、これから僕は何をしたらいいのでしょう、と問い掛けるような視線で私を見た。

契約通り、私たちはダイニングで一緒に夕食を取った。メニューは海老のカクテルとミートローフだった。通いの家政婦さんに頼み、いつもの時間より遅くまで残って給仕をしてもらった。

彼は海老を一匹食べ、ミートローフを切り分け、水を飲み込む合間に、レッスンの進み具合について細かく説明した。恐らく銀行家から厳しく言い渡されていたのだろう。

奨学金のおかげで声楽のレッスンを追加でき、ピアノの先生を大学にコネのある人に代えることができました。音楽にコネなんて必要ないと思うんですけど、現実にはそうはいかないようです。音楽理論の家庭教師もつけてもらえました。ユニークな先生で片手にいつもアルコール消毒液を持っているんです。それで机と椅子を消毒してからじゃないと勉強を始められないんです。週に一回はプロのコンサートを聴くようにしています。高くて手に入らなかった参考書を五冊買いました。とても興味深くて、役に立つんです。領収書を持ってきましたので、あとでお渡しします……

「領収書なんていいのよ」

私は言った。

「そうですか……」

一気に喋ったせいか、彼は息が弾んでいた。ナプキンで口元を押さえ、ミートローフの最後の一切れを口に運んだ。

彼が話すレッスンの内容など、たいして興味がなかった。私にとって何より大切なのは、彼の声だった。それが私のためだけに発せられているという事実だった。

食事が終わると居間に戻ってお茶を飲んだ。報告すべきことを全部報告しおえると、彼は無口になった。慎重に何度もお茶をかき混ぜ、テーブルのクッキーを一枚だけ食べ、私と目が合うと小さな笑みを送った。退屈していると思い違いされないよう、気を配っているのが分かった。

この広い家をいつも満たしている静けさには何年も付き合わされ、いい加減うんざりしていたはずなのに、彼が一人そばにいるだけで、どうしてこんなにも静けさの意味が変わってしまうのだろう。

外で吹き荒れる木枯らしに耳を澄ませながら、私は思った。彼の声はそれが止んでいる時にさえ、私を虜にする。

「ピアノがありますね」

彼は部屋の片隅を指差して言った。私はピアノが鳴ったのかと錯覚した。ピンと張られた傷一つない弦が、不意に弾かれたような声だった。いつまでも余韻が、あたりを漂っていた。

「昔、娘が使っていた古いピアノなの。あなたが来るから三十年振りに調律したのよ」

「お嬢さんがいらっしゃるんですか」

「ええ。病気で死んでしまったわ。十九の時よ」

「すみません。余計なことを言って……」

彼は持っていたティーカップを受皿に戻した。

「気にすることないのよ。私の周りにいた人はみんな死んでしまったんだから。思い出話は全部、死者の物語なの」

茶色がかった巻き毛が額を影にしていた。彫りが深く、鼻筋が通っていた。利発そうな目は決してぼんやりすることがなく、常に何かをしっかりと捉え、唇は思わず触れてみたくなるくらい、潤んで柔らかそうだった。

「もう、絵はお描きにならないんですか」

彼は尋ねた。

「描けないのよ」

横顔を見つめながら私は答えた。

「こんな手ですもの。自由には動いてくれないの」

マニキュアを塗り、昔恋人が贈ってくれた宝石で飾っていても、それはあまりに皺だらけで、弱々しく、醜かった。彼へ向かってのばそうとすると、怯えるように震えた。彼が持っている手と同じものだとは、とても思えなかった。

彼はそれを握り、いたわしげに掌で撫でた。まるでそうすれば、昔の手が戻ってくると信じているかのように、長い時間私に触れていた。

「何か、弾いて下さる？」

私の手をそっと膝に戻し、彼はピアノの蓋を開けた。蝶番《ちょうつがい》の軋む音がした。

「リストがいいわ。『溜息』をお願い」

彼は鍵盤の上に指を広げた。


輝く王冠をかぶった私の王子さまは、一週間おきの土曜日、夕方の五時に必ずやって来た。暦よりも、時計よりも正確だった。

何をして過ごすか、決まったスケジュールはなかった。レッスンの報告など問題ではなかった。私たちは思いついたまま、その時互いにとって一番大切なことをした。

夕食までは散歩をすることが多かった。公園を歩くか、膝が痛まない時には裏の山に登って夕陽を眺めた。雨が降ると一緒にトランプ占いをしたり、画集を広げたり、古いアルバムを見せて思い出話を聞かせたりした。

散歩をする時、彼は大人びた紳士になった。杖をついていない方の腕を取り、肩を抱いてくれた。

「もっと僕にもたれ掛かって」

と、耳元でささやいた。そのたった一言で、私は幸福になることができた。

反対にトランプ占いは、彼をあどけない少年に戻した。数字と模様の意味を読み取るため集中している私の邪魔にならないよう、じっと息をひそめながらも、わくわくした気持を抑えきれない様子でカードを覗き込んでいた。

「恋占いもできる？」

「もちろんよ」

彼はガールフレンドの生年月日を紙に書いた。

何て若い数字なのだろう。それはただの数字なのに、私を切なくさせた。

夕食のあとはあまりお喋りはせず、静かに過ごした。私が手紙を書いているそばで、彼がレコードを聴いていることもあったし、甘いものをつまみながら、ビデオのサスペンス映画を観ることもあった。

しかし私が最も愛したのは、王子さまに本を朗読してもらうことだった。

「陽が落ちると、とたんに目が疲れやすくなってしまって……」

どんな申し出でも、彼が断るはずなどないとよく分かっていながら、私は下手な言い訳をした。

まず、彼を私の左側のソファーに座らせる。左の耳の方がよく聞こえるからだ。そして本を差し出し、クッションに身体を沈める。彼は栞をテーブルに置き、前回の続きから読み始める。

本は何でもよかった。歴史小説でもSFでも、ことによったら薬の能書でも構わなかった。内容など関係ないのだから。私が求めるのは彼の声だけだった。

私はその温度や、匂いや、鼓膜に吸い付いてくる感触を味わうことができた。彼は感情を込めて朗読しているわけではなかった。むしろ平板な調子で、時にはつっかえたりもした。けれどそうしたことは、決して私の感覚を鈍らせはしなかった。言いよどんだ時漏れる吐息は、私の髪を愛撫した。

「……丘の斜面は果樹園で、桃と葡萄と枇杷が少し、あとはほとんど全部キーウイだった。……特にキーウイは枝がたわむほどで、風の強い月夜などは、深緑色のコウモリが何匹も何匹も、ゆさゆさと丘を揺らしているように見えた。……」

題名は何だったろう。それさえ忘れてしまった。主人の書斎にあった本だ。

『キーウイ』と発音する時の唇の形が優しかった。まるで私の唇に触れようとしているみたいだった。

「……どこにどう包丁を入れたらいいのか、私は迷った。それにはまだ太陽の温もりが残っていた。水で洗い、土を落とすと、鮮やかな赤色があらわれた。とにかく最初に、五本の指を根元から切り落とすのが、妥当なやり方に思えた。それらは一本ずつ、まな板の上を転がった。その晩私は、小指と人差し指の入ったポテトサラダを食べた。……」

王子さまは決して焦らなかった。密やかで、従順で、一言一言丁寧に扱った。胸の奥にある湿った洞窟から響いてくるような声だった。語尾が微かに震えた。外でどんな大雨が降っていようと、雷鳴がとどろいていようと、彼の声だけは特別選ばれたもののように宙を舞った。手をのばせば、両手ですくい取れそうだった。

「……すぐに郵便局が捜索された。そこはキーウイが山積みになっていた。すべてのキーウイが運び出されたが、見つかったのは皮膚病にかかった野良猫の死骸だけだった。……畑から白骨化した死体が発見されたのは、果樹園が夕焼けに染まる頃だった。……」

彼はずっと本に視線を落としたままだった。私が止めるまでいつまでも声を発し続けた。左手で背表紙を支え、右手でページをめくった。その時の、かさっ、という音が、朗読に魅力的なアクセントをつけた。

シャンデリアの光が首筋に当たり、産毛を金色に染めていた。初めて会った頃よりも少し巻き毛が伸び、耳を半ば覆い隠していた。セーターの上からでも、まだ十分に筋肉の付いていない胸の輪郭が見通せた。

私は目を閉じた。声の波がゆっくりと私を包んでゆくのが分かった。爪先からふくらはぎ、腰、乳房、わきの下、鎖骨、顎、唇、目蓋……。考えられないくらい綿密で、永遠だった。

彼はどんな小さなすき間も見逃さない。彼の舌は滑らかに這い、指は細やかに動く。巻き毛が頬をくすぐり、私は声を上げそうになる。それを懸命にこらえていると、今度は脇腹に息が吹き掛かる。

いつの間にか私の右手は元に戻っている。皺も消えているし、震えもしない。なぜだろう。彼の触れてくれたところから、どんどん過去にもどってゆく。これなら絵筆が持てる。また油絵が描ける。彼のペニスを愛撫することもできる。

「ご主人って、どんな方だったんですか」

マントルピースに立てた写真を手に取りながら、彼は尋ねた。

「もう、忘れたわ」

私は言った。

「嘘でしょ？」

「本当よ。だって四十年も前に死に別れたのよ。忘れてしまったって、仕方ないでしょ？四十年よ。あなたは見当もつかないでしょうね」

「ハンサムなご主人だ」

「お世辞ね。写真が古くなり過ぎて、顔なんてよく見えないもの」

「あなたも美しい」

四十年前の私を彼は見つめていた。

「絵の注文をしてくれた人なの。お金持ちで、歳がうんと離れてた。私は貧乏な画学生よ。痩せっぽちで、指は絵の具だらけで、十九歳だった」

彼が今栞を挟んだばかりの本を、私は胸に抱き寄せた。

「あの人の注文はね、植物だったわ。庭に生えている植物を一つずつ描くの。ワイルド・スイートピー、ロコ草、アメリカホドイモ、トリカブト……。みんな毒草だった。庭中の毒草を全部描き終えたあと、結婚したのよ」

彼はダッフルコートをはおり、靴の紐を締めた。

「どうも、ご馳走さまでした」

さよならの言葉はいつも同じだったが、心がこもっていた。お辞儀をし、門の手前で一度振り返って手を振った。杖をついていて手の振れない私は、首を少しだけ傾けて、「さあ、もう行きなさい」という合図を送った。最終電車に遅れないよう、彼は闇の中を駆けていった。

一度だけ、彼が約束を破ろうとしたことがある。

「今度の土曜日、失礼させていただいてよろしいでしょうか」

電話の声はいつもより緊張している様子だった。彼の声に関わることなら、私はどんなささいな変化でも聞き分けられた。

「どうしたの？　身体の具合でも悪いの？」

「いいえ。そうじゃないんです……。次の日の、日曜にしていただけませんか。日曜なら大丈夫なんです。勝手を言って申し訳ないんですけれど……」

「何か、困ったことでも起きたの？」

「ご心配していただくようなことは何もないんです」

「理由を教えてくれない？　そうじゃないと私も落ち着かないから」

「本当にすみません。こんなに援助していただいているのに、契約にそむくなんて」

「そんな話は今してないの。大事なのは、理由よ」

しばらく沈黙があったあと、ためらいがちに彼は口を開いた。

「ガールフレンドの、誕生日なんです」

私はトランプ占いを思い出した。あの時出たカードの数と模様もよみがえってきた。

「駄目よ」

そんなことを言うつもりはなかったのに、勝手に言葉がこぼれ落ちてきた。

「彼女の誕生日は、その日一日だけなんです。金曜や日曜じゃ意味がないんです」

「私の誕生日も、今度の土曜日よ。来年はもう来ないかもしれない誕生日よ」

嘘だった。彼もそうだと気づいたはずだった。

「許しません。いつも通りいらっしゃい」

私は電話を切った。

王子さまはやって来た。手に小さな花束を持っていた。

「お誕生日おめでとうございます」

ガールフレンドに渡すはずの花束だった。私はそれをマントルピースに飾った。花瓶に挿すと茎が頼りなく揺れるような、可憐な黄色の花だった。

名前は何と言うのだろう。知らない種類だった。昔主人に描かされた毒草に似ていた。

「続きを読みましょう」

頼まないのに、彼は自分から本を開いた。

それが、彼と過ごした最後の夜だった。


杖が小石に当たり、よろけた拍子に尻餅をついて両手をすりむいた。血がにじんで、じんじんと痛んだ。

片方サンダルが脱げて草むらに転がった。めくれ上がったスカートの裾から下着がのぞいていた。どこからか駆けてきたブチの野良犬が、そのサンダルに鼻を押し付けだした。

「シッ」

私が杖を振り回すと、濁った目でこちらをにらみながら遠ざかっていった。

そばの欅《けやき》にもたれ掛かり、どうにか立ち上がった。それはただの、ザラザラとして固い木だった。どこにも、王子さまの手はなかった。

いつものように植物園の裏手から遊歩道を上がり山へ入った。くたびれて途中で引き返そうと思い、来た道を逆戻りしたはずだったのに、いつの間にか見知らぬ場所に来ていた。片側はシダが密集する湿地が広がり、反対側は薄暗い雑木林だった。そろそろ夕暮れが近づこうとしていた。

見当をつけた方に向かって、とにかく私は歩いた。案内地図も矢印の看板もなかった。時折、茂みの中から小鳥が飛び立っていった。掌の痛みはいつまでも消えなかった。スカートのあちこちに、小枝や枯葉や虫の死骸が引っ掛かっていた。

山を下りていたはずなのに、道は再び上りはじめ、しかもだんだん急になってゆくようだった。けれど私はもう後戻りしなかった。立ち止まるのが怖かった。

「もっと僕にもたれ掛かって」

という あの声がよみがえり、はっとして振り向いた時、そこに誰もいないと気づくのが怖かったのだ。

土曜日になっても、もう彼は来なかった。奨学金は手紙とともに返送されてきた。

『……かねてより申請しておりました音楽文化振興財団の特待生に、おかげさまで合格することができました。……奨学金は本当にそれを必要としている方がお受け取りになるべきだと思い、ご辞退させていただきます。……これまでの並々ならないご支援に、心から感謝いたします。……』

丁寧で冷たい手紙だった。

崖を登った。途中で杖を落としてしまった。根の間に足を突っ込み、枝をつかんで身体を持ち上げた。掌の血は塊になっていた。

突然、目の前が開けた。なだらかな斜面が一面、四角い何かで覆われていた。木は一本も生えておらず、地面はほとんど見えず、風景のすべてをその箱が支配していた。

一番近くにあったそれに、手をのばしてみた。冷蔵庫だった。壊れた冷蔵庫が、あるものは逆さまになり、あるものは半分潰れながら積み重なっていた。白、ブルー、黄緑。扉がはずれたの、巨大なの、手で持てるの、落書されたの……。あらゆる種類がそろっていた。

私はそれらの間を縫って歩いた。風さえなく、耳が痛いほどに静かだった。どれもこれもが傷つき、打ちひしがれていた。

胸が苦しくなってきた。背中を気持の悪い汗が伝っていった。絡み合ったコードに引っ掛かり、一つの冷蔵庫に抱きついた。両開きでステンレス製の、レストランの厨房にあるような立派な冷蔵庫だった。鳥のフンがあちこちにこびり付いていた。

私は扉を開けた。夕焼けが中を照らした。誰かがうずくまっていた。背中を丸め、足を折り畳み、両膝の間に頭を埋めて、仕切り棚と卵ケースのすき間に上手に納まっていた。

「ねえ……」

私は呼び掛けてみた。ただ自分の声が、奥へ吸い込まれてゆくだけだった。

私の死骸だ。こんな窮屈な暗い場所で、毒草を食べて、誰にも看取られずに私は死んでいたのだ。

冷蔵庫の前にしゃがみ、私は声を上げて泣いた。死んだ自分のために泣いた。

文庫版のためのあとがき

ある日、犬の散歩をしていたら、中学生の男の子が近寄ってきて、「撫でてもいいですか」と尋ねた。私は「どうぞ」と言って犬をお座りさせた。

少年は犬に興味はあるが、慣れてはいない様子だった。慎重に手をのばし、頭のてっぺんを指先でつつくようにして撫でた。

「何歳ですか？」

「五歳よ」

「まだ子供ですね」

「いいえ。もう大人よ。犬の寿命は十五年くらいだから」

「えっ」

少年は手を止め、短い声を上げた。

「十五年しか生きられないんですか？」

心の底から驚いているのが分かった。

「じゃあ、あと、もう少しじゃないですか……」

今度は彼は掌で、頭から首にかけ、しっかりと撫でた。

「こんな大きな犬が死んだら、どうすればいいんですか」

それは牡のラブラドールで、体重が私と同じくらいあった。自分が死んだ時の話をしているとも知らず、犬は気持よさそうに撫でられていた。

「こんな大きな犬が死んだら、一体どうなるんですか……」

誰に尋ねるふうでもなく、少年は繰り返した。

私は何か答えたいと思った。礼儀正しく、心優しいこの少年を、どうにかして安心させてあげたかった。しかし私の口から出てきたのは、動物の葬儀屋さんにお任せすれば大丈夫なのよ、とか、まだあと十年もあるじゃないの、といったごまかしの言葉ばかりだった。


ホルヘ・ルイス・ボルヘスは、自分が書こうとする書物は、既に誰かによって書かれているのだという、一見書き手にとって不自由と思われる想定を、実に魅力的な可能性へと飛躍させた。自分が過去に味わった読書体験のうち、最も幸福だったものは、ああ、今読んでいるこのお話は、遠い昔、顔も名前も知らない誰かが秘密の洞窟に刻み付けておいたのを、ポール・オースターが、川端康成が、ガルシア・マルケスが、私に語って聞かせてくれているのだ、と感じる一瞬だった。

小説を書くとは、洞窟に言葉を刻むことではなく、洞窟に刻まれた言葉を読むことではないか、と最近考える。そこに既にある言葉を私が読み取れるなら、犬が死んだあとどうなるかについての物語を、少年に話して聞かせてあげられるだろうに。

今回、十一の弔いの物語を、こうして文庫版の形で蘇らせることができ、ありがたく思っている。いつも私の作品に真心を持って接してくれる、中央公論新社の横田朋音さんのおかげである。

最後に、本を手に取って下さった皆様に、心からの感謝を捧げたい。

二〇〇三年二月

小川洋子

一九九八年六月　実業之日本社刊

中公文庫

寡黙な死骸《かもくなしがい》　みだらな弔い《みだらなとむらい》

定価はカバーに表示してあります。

2003年3月15日　初版印刷
2003年3月25日　初版発行

著　者　小川《おがわ》 洋子《ようこ》

発行者　中村 仁

発行所　中央公論新社　〒104-8320 東京都中央区京橋 2-8-7

TEL 03-3563-1431(販売部)　03-3563-3692(編集部)　振替 00120-5-104508

Published by CHUOKORON-SHINSHA, INC.
URL http://www.chuko.co.jp/

本文・カバー印刷 三晃印刷　製本 小泉製本
ISBN4-12-204178-3　C1193　Printed in Japan

中公文庫既刊より

お-51-1
シュガータイム
小川　洋子
わたしは奇妙な日記をつけ始めた——とめどない食欲に憑かれた女子学生のスタティックな日常、青春最後の日々を流れる透明な時間をデリケートに描く。
ISBN4-12 202086-7

い-3-2
夏の朝の成層圏
池澤　夏樹
漂着した南の島での生活。自然と一体化する至福の感情―青年の脱文明、孤絶の生活への無意識の願望を描き上げた長篇デビュー作。〈解説〉鈴村和成
ISBN4-12 201712-2

い-3-3
スティル・ライフ
池澤　夏樹
ある日ぼくの前に佐々井が現われ、ぼくの世界を見る視線は変った。しなやかな感性と端正な成熟が生みだす青春小説。芥川賞受賞作。〈解説〉須賀敦子
ISBN4-12 201859-5

い-3-4
真昼のプリニウス
池澤　夏樹
世界の存在を見極めるために、火口に佇む女性火山学者。誠実に世界と向きあう人間の意識の変容を追って、小説の可能性を探る名作。〈解説〉日野啓三
ISBN4-12 202036-0

か-61-1
愛してるなんていうわけないだろ
角田《かくた》　光代
時間を気にせず靴を履き、いつでも自由な夜の中に飛び出していけるよう…好きな人のもとへ、タクシーをぶっ飛ばすのだ！　エッセイデビュー作の復刊。
ISBN4-12 203611-9

か-57-1
物語が、始まる
川上　弘美
砂場で拾った〈雛型〉との不思議なラブ・ストーリーを描く表題作ほか、奇妙で、ユーモラスで、どこか哀しい四つの幻想譚。芥川賞作家の処女短篇集。
ISBN4-12 203495-7

か-57-2
神　様
川上　弘美
四季おりおりに現れる不思議な生き物たちとのふれあいと別れを描く、うららでせつない九つの物語。ドゥ・マゴ文学賞、女流文学賞受賞。
ISBN4-12 203905-3

か-57-3
あるようなないような 川上弘美

うつろいゆく季節の匂いが呼びさます懐かしい情景。ゆるやかに紡がれるうつつと幻のあわいの世界。じんわりとおかしみ漂う味わい深い第一エッセイ集。

ISBN4-12-204105-8

さ-44-1
恋愛論序説 佐野洋子

幼いころから本当の大人になるまで、人を愛するレッスンを気づかずにくり返していた、無器用な日々。書き下ろしエッチングと随想が織りなす切ない世界。

ISBN4-12-203632-1

し-18-9
赤頭巾ちゃん気をつけて 庄司薫

女の子にもマケズ、ゲバルトにもマケズ、男の子いかに生くべきか。既成秩序崩壊のさなかに生れた青春文学の金字塔。芥川賞受賞作。〈解説〉佐伯彰一

ISBN4-12-204100-7

し-18-10
白鳥の歌なんか聞えない 庄司薫

死にゆくもの滅びゆくものを前に、ふとたじろぐ若い魂。早春のきらめきの中に揺れる、切ないほど静かで不思議に激しい恋の物語。〈解説〉高見沢潤子

ISBN4-12-204101-5

し-18-11
さよなら快傑黒頭巾 庄司薫

この大きな世界の戦場で、戦いに疲れ傷ついた人々をどう支えればよいのだろうか。理想は現実の前に必ず破れるからこそ理想なのか。〈解説〉奥野健男

ISBN4-12-204102-3

し-18-12
ぼくの大好きな青髭 庄司薫

若者の夢が世界を動かす時代は終ったのか。月ロケット成功の熱気渦巻く新宿を舞台に、現代の青春の運命を鮮かに描く四部作完結編。〈解説〉山崎正和

ISBN4-12-204103-1

た-61-1
いつものお茶、いつもと違う猫 谷村志穂

自分の飼い猫についてはほとんど書かない、意志の強い書き手としてやってきた著者が、その禁を破った日——本を読み、旅をし、猫と暮らす日々を綴る。

ISBN4-12-203612-7

つ-22-1
五女夏音 辻仁成

私が恋に落ちた夏音は、異様に結束の固い大家族の五女。ふたりの住むマンションに突然大家族が押し掛けてきたその日から、私の人生は変わりはじめる。

ISBN4-12-203904-5

は-45-1
白蓮れんれん
林 真理子
天皇の従兄妹にして炭鉱王に再嫁した歌人柳原白蓮。彼女の運命を変えた帝大生宮崎龍介との往復書簡七百余通から甦る、大正の恋物語。〈解説〉瀬戸内寂聴
ISBN4-12 203255-5

は-45-2
強運な女になる
林 真理子
大人になってモテる強い女になる。そんな人生ってカッコいいではないか。強くなることの犠牲を払ってきた女だけがオーラを持てる。応援エッセイ。
ISBN4-12 203609-7

ほ-12-1
季節の記憶
保坂 和志
ぶらりぶらりと歩きながら、語らいながら、うつらうつらと静かに時間が流れていく。鎌倉・稲村が崎を舞台に、父と息子の初秋から冬のある季節を描く。
ISBN4-12 203497-3

ほ-12-6
猫に時間の流れる
保坂 和志
世界との独特な距離感に支えられた文体で、猫たちとの日常・非日常という地平を切り開いた〈新しい猫小説〉の原点。〈解説マンガ〉大島弓子
ISBN4-12 204179-1

む-4-3
中国行きのスロウ・ボート
村上 春樹
1983年——友よ、ぼくらは時代の唄に出会う。中国人とのふとした出会いを通して青春の追憶と内なる魂の旅を描く表題作他六篇。著者初の短篇集。
ISBN4-12 202840-X

む-4-4
使いみちのない風景
村上春樹 文
稲越功一 写真
ふと甦る鮮烈な風景、その使いみちを僕らは知らない——作家と写真家が紡ぐ失われた風景の束の間の記憶。文庫版新収録の2エッセイ、カラー写真58点。
ISBN4-12 203210-5

よ-25-1
TUGUMI
吉本ばなな
病弱で生意気な美少女つぐみと海辺の故郷で過した最後の日々。二度とかえらない少女たちの輝かしい季節を描く切なく透明な物語。〈解説〉安原 顯
ISBN4-12 201883-8

よ-25-3
ハネムーン
吉本ばなな
世界が私たちに恋をした——。別に一緒に暮らさなくても、二人がいる所はどこでも家だ……互いにしか癒せない孤独を抱えて歩き始めた恋人たちの物語。
ISBN4-12 203676-3